火般冷

吳耀宗 著 ——

再版序

2002年，我從西雅圖回到新加坡約年餘，將27篇微型小說（台灣通稱「極短篇」）結集，交由香港青文書屋付梓，是爲《火般冷》。

書屋負責人羅志華先生（1964～2008）是香港資深文化人，曾經策劃出版過不少好書，刻苦經營文化事業，很受文化界朋友的敬戴。

2004年，我來港度假，替《火般冷》作序的學者詩人也斯（梁秉鈞）領我參觀位於灣仔的青文書屋。我和羅先生在那堆疊成山的紙世界裡初次晤面，詎料竟是此生唯一一次的晤面。2008年，羅先生意外辭世，聞之惋惜，黯然唏噓。

早在羅先生故去前兩年，青文書屋已因租約問題而結業。《火般冷》遂成了絕版書，除了一些大專院校圖書館或有收藏之外，市面上罕見蹤影，近乎絕跡。

歲月如飛，我到香港研教也已數載。今夏終於有機會編整舊作，乃交託台灣萬卷樓重新出版《火般冷》，藉此紀念羅先生。

我曾說過自己的微型小說不可以「群」。其受眾不

多，當中幾位有心人讓我感銘於內。山東大學的黃萬華教授在我早年負笈美國時就留意拙作，且頗有評述，在其2008年的專著中更特闢一章做系統性的討論，可謂青眼有加。2003年，在馬來西亞文學雜誌《蕉風》的主催下，文榮兄（今執教於拉曼大學）與石鳴兄（今居於成都）各撰一文論析拙作，雖長短不一，但專致無二，語多勉勵鼓舞。趁此重版，將三文併收於附錄，一來使相互對話，二來方便讀者。由於篇幅的考量，在小說文本之外，只保留原版序文，割捨附錄中的〈四人話語：談吳耀宗的微型小說〉。

　　文學書寫和出版的快樂或有不同，但憶想起來總是前車轔轔，塵土漫天。至於後事，欲知如何，且聽小說分解。

吳耀宗

2011年9月3日於香港

原　序

　　一九八九年我與李歐梵、張大春、蔣勳幾位到新加坡當文藝獎的評判，逗留了幾天，談文說藝，也有機會與當地的文藝界接觸。我當時是第一次到新加坡去，在這之前，認識不多，但知道《中國學生周報》六、七〇年代也曾行銷新、馬，我亦看過《蕉風》上刊出港台的作品，早年香港文藝界的一些前輩曾寄寓新城，新加坡的一些青年刊物如《蝸牛》也曾寄贈給我，彼此通過文藝作品，還是有互通消息的。

　　第一次踏足新加坡，我當時私人心情不大好，亦沒有怎樣遊覽，但對接觸到的文藝界個別人士，還是留下不錯的印象。我們對一個地方的想像，往往來自許多道聽塗說的資料，要等自己真正去接觸，才會清晰判別出來。我們當時在講台上大發議論，走下台來還是很想知道當地的作者和讀者怎樣想。大的文藝政策我們不是很了解，但從個別接觸我得到的感受是：在學院內外，寫作和戲劇界，還是有人在努力。年輕作者群也有他們的幹勁和活力，韋銅雀就是其中一位。

　　一晃十多年過去了，我因為參加新加坡國立大學主

辦的邵氏電影研討會，有機會重訪新加坡。在新加坡
探索邵氏留下的舊痕跡，更令我想到新加坡和香港，廣
義而言所有華人聚居的城市，其間都有千絲萬縷的聯
繫。我在新加坡國立大學遇到當年的年輕詩人韋銅雀，
原來現在已是學有所成的吳耀宗博士！自從上次見面以
後，他已完成學業出國深造，在華盛頓大學完成博士論
文，並且回新加坡國立大學任教，繼續從事研究和創
作。時間過得多快！眞是令人感慨也令人欣慰。當年我
們對令人沮喪的大勢滔滔而談，嘗試建構不同的遠景，
耀宗謙虛地聆聽，卻眞是擴闊了視野，走出了自己的
路。

　　耀宗邀我爲他的新書寫序，我樂於從命。一是爲了
紀念過去相識的一段因緣，一是爲了我們所欲肯定的
一些素質。從港台到新馬，近年都出現了一些既從事學
術研究，又從事創作的年輕學者。從事學術研究的時
候，嚴謹紮實，到創作的時候，卻又可以天馬行空，充
滿創意，這種知性與感性的平衡，是可貴的素質，在教
學上也往往能予學生更多啓發。

　　我也想到廣義的華文文學的問題。耀宗在微型小說
的嘗試上，有他新加坡的背景，有對港台文學的回應，
有他出國前後視野逐步的開闊與技巧的逐步成熟。用的
是漢字華文，正是從他自己走出來的路，他自己的感性

（我姑且稱之為一種揉合了溫柔敦厚與尖銳批評的風格）為華文文學這種文類添加了新章，擴闊了範圍、豐富了輻度。一般主流對華文微型小說（或稱小小說、掌中小說）的討論，似乎多在強調故事性、濃縮的橋段、令人驚奇的結局等。如果我們不以故事性為主，也參看港、台、新、馬如耀宗這樣的嘗試，不是更可以擴闊這文類的討論嗎？我覺得在現在華文文學的討論上面，我們需要更多人打破狹隘的地域主義，更多跨文化跨地域的比較參照。我們在不同的城市以中文寫作，其實也樂於聽到來自不同城市的新的聲音，長遠來說將會改變了也豐富了中文寫作的面貌。

也斯
（梁秉鈞）

目錄

忘記的過程

連電影裡那些淒迷得陳腔濫調的驀然回首都避免了。我和KS沒有選擇雨天，隨便就在醫院的某個角落說分手。後來家人問起事情的來龍去脈，我也是微微一怔，然後三言兩語交代過去。過去。一弧飛鳥「刷」聲過去，只留下充滿悸怖的車窗在晃顫中迅速交換著明暗。當我俯身撿起不小心跌落的票根時，火車已繞過對面山岬，嗚咽著世紀般悠長的哀傷進入隧道。從V城出發之後，鄰座的一對青年情侶即迫不急待脫下手套風衣，大膽而又慌惶地在睽睽眾目之中找尋情慾的出口。隱隱約約聽見女孩問男孩。你是真的愛我嗎？我閉上疲倦的眼睛。黑暗與動蕩互相推擠，就在時有時無的痛楚之中，呼吸變成了一件次要的事。一路上搭客不見怎麼走動：有些埋頭於報章雜誌，有些戴上耳機閉目神遊，有些在手提電腦上思考，或者聊天，完全沒想到火車再走二十分鐘就出軌。轟隆砰嘭！撕心裂骨的一團大火球狂撲而來，誰還看得見肉體在飛舞？臨別前的KS帶著觸動人心的微笑，不忘解釋車程至多只有六個半小時，目的地不遠，就在四五百里的山嶺之外罷了。由針葉林

綿延包圍的盆地小鎮近乎與世隔絕，風格簡樸，節奏舒緩，是那種不下雪也會使人忘記時間的地方。他還溫柔地囑咐：哪，在那裡好好住它半個月，呼吸一下新鮮空氣，等你養好了身子回來，我們仍然是好朋友。我觸摸一下KS，他的冷靜具有重金屬的溫度和顏色，完全不受時間和環境的左右。正如GB姊曾經暗示過的，不論發生甚麼事，KS都能處之以一貫的溫文和風趣。所以那批新來的護士們都喜歡藉故接近他，有些甚至因為嗅到他在妻子身上用剩的浪漫而偷偷哭泣。這種幸福快樂的感覺我當然也有過，只是現在已蕩然無存。瞅著他給我施手術時的若無其事，揮動手術刀的乾淨俐落，我心裡猝然一片冰寒。可憐孩子只能站在手術臺旁，眼睜睜看著自己微微轉灰的屍體被銀鉗子夾出來棄置於膠盆中，忍不住號啕慟哭。

戰略世界

　　一句「咱們五千年的文化」，震得一桌的鴉雀無聲。然後你才開始解說，會議室裡一塊塊的空氣也重新蠕動。剛才發給大家的是我昨天構思了一夜的計劃書。請翻到第三頁，螢光筆劃亮的地方就是整個計劃的宗旨──善加利用我們珍貴的文化遺產。哪，第一個環節是徵引《詩經》裡的句子。譬如要形容陰天下雨，我們有多種選擇，既可以說「零雨其濛」，也可以說「終風且曀，不日有曀」，還可以說「曀曀其陰，虺虺其雷」，更可以說「習習谷風，以陰以雨」。總之，每一次的報告都會讓觀眾有煥然一新的感覺。那三百篇用完了怎麼辦？有同事發問。不必擔心，我們可以立刻進入第二個環節，改引《楚辭》的句子。以此類推，還有漢賦、唐詩、宋詞、元曲、明清傳奇，甚至小說，逐一派上用場。不需要爭甚麼南沙群島，一部中國文學史就可以為我們提供取之不竭的資源了。到時看隔壁電視臺怎麼跟我們鬥？你說得眉飛色舞，KS也聽得眉飛色舞，完全忘了昨天是如何的氣急敗壞。昨天這個時候KS一到辦公室就像猝然爆裂的水管，一腔激射的口沫漫天漫地。

你們知道嗎，隔壁電視臺已經改變戰略，氣象報告不再像往常那樣重複說「陰天，某些地區會下陣雨」，而是改為重複說「天氣陰mái，某些地區會下雨」，收視率「刷」一聲就上漲十個百分點。瞧，陰mái，多有深度多有涵養的字眼！搞氣象報告就得這樣，要有文化，要懂得變通才爭取得到觀眾！你們還不快快想對策？再想不出對策，通通給我收拾包袱滾蛋！其實一開始你對他所說的「陰mái」簡直是一頭霧水，這和忠於僱主的你從來不看隔壁臺的任何節目或許有關。無論如何，你猶若文盲，一時之間就是寫不出這個「mái」字。是「陰埋」嗎？天氣陰（森／沉／險）得可以埋葬一切？才不呢，（深／沉／險）得可以埋葬一切的是KS此刻的臉色。你們在人造雨中足足淋了一個小時又二十七分鐘，才獲准拽著濕漉漉的自尊回到自己的工作上。夜晚回到家裡，你把儲物室裡的字典找出來翻一翻，才曉得原來是陰霾的「霾」。陰霾？蠻熟的嘛，好像曾在哪裡用過？啊，不就是已然久遠的中學時代嗎？那時，你小心翼翼地把「陰霾」這個形容詞寫進作文裡，那鬱鬱不得志的華文老師看了特別興奮，還特地給你劃線，下了「用字精準」的好評。經過這麼些年，你陡地想起了他，以及他在課文以外教授的《詩經》《楚辭》，真有流點眼淚的感動和熱。

秩序的缺口

　　死於車禍。他們其中一個說。然後彷彿感覺大口大口呼著熱氣的太陽在窗際驟地一沉，我忙將小布簾拉攏。幹嘛掩上窗簾呢？我等待著他們的提問。可是他們毫不介懷，繼續回到剛才的對話中。那其實是一場有欠規模的辯論，即連辯題也置放在他們面前的鋁柄擔架上，草草用白布蓋著，不看第二次。我方堅決認為將這種下場理解為死於車禍是非常不智的。他們其中一個反駁。然而由於所吐出的一堆理由全是抄襲昨天的社論，正方並不準備接受，於是雙方陷入僵局。我「刷」地拉開窗簾，紅日再度浮現，像急急湧出一灘不甘寂寞的血。我望將出去，風景一張接一張速速背道而馳。信手挑了一張，或可簡述如下：一個巨型貨車司機站在路口和交通警察理論。交警則略略瞄了一下腕錶，迅速抄下對方滿臉冤屈的形象。與此同時，一撮行人駐足作隔岸觀，探頭探腦，雖然事不關己但看看無妨反正不收入場券而眼睛又實在空閑得很。再選一張，但見馬路氣勢洶洶地展開，甲車因嫌前頭乙車擋著車道，竟叭叭叭猛響車笛。乙車必須作出反應，明晃晃從窗子裡伸出一根傲

兀的中指！乙車既然抗議了甲車的抗議，甲車又將如何抗議乙車對它抗議的抗議呢？陡地我的心跳得很，跳得什麼都看不見了，只想著是否可以「且聽下回分解」。然而一聲撕裂空氣的巨響。發生了甚麼事？發生了甚麼事？我掉頭急問，卻不見他們的蹤影。半晌，他們才重新出現，通力合作上車來的擔架裡正躺著死亡。由於來不及掩蓋好，我瞟見屍布底下的我曝露著一張破碎的臉。是否死於車禍？他們在途中繼續爭辯，但這次允許引據報章炒熱的論點。

異議完成

　　作為一個讀者，你其實也是在創作。例如今天，在喝完三合一咖啡後所做的決定，將導致一本小說在短期內面市，間接地促進經濟的繁榮。你步出家門。根據巴士公司所提供的選擇：10／22／54／73／78／95／98號，在車站足足等候了十分鐘。接著在前往書局途中，在許多形狀迥異但搖晃姿勢一致的後腦群中，繼續一絲不苟的思考。直至第七站，小說人物終於成型。興奮的波浪拍擊著你的心。臉型：橄欖。五官：尖細。頭髮：中分。身段：偏瘦。衣著：樸素衣裙。性格：不知所措。是的，你已準備向書局訂購這樣一本以她為主要人物的小說。順便心算一下費用，包括百分之三的消費稅在內，大概不會超過$Y。就在巴士向左轉入S路時，你彷彿瞅見不久的將來，某個獲獎作家也打這裡走過。可能性：（　　　）／（　　　）／（　　　）／（　　　），為了提交你所訂購的小說而來。當然，除了人物，你也不會忘記一般評論家耿耿於懷的故事內容，有道是：小說非得有情節不可，不然怎麼叫小說？所以你再接再厲，搜索枯腸——第一章：她死於恐怖連環車禍。（電腦齋批

閱：起得好，震撼力十足，包管扣人心弦。不過，由於死狀之描繪不在讀者之專業範圍內，故最好交由作者來負責。）第二章：車禍為他人帶來不便。小說中的他即因此而喪失了性能力，以致與妻離異，使國家的離婚率增加百分之X，單親家庭數目增加百分之Y，孩子逃學率增加百分之Z等等。（電腦齋批：情節開枝散葉，極需技巧，非大家則無以駕馭。）第三章：她到書局隨便逛逛，驚見喃喃自語披頭散髮的自己在分派鈔票，眾人圍搶，場面浩大，驚天地、泣鬼神。（批：此處峰回路轉，柳暗花明，出人意表，一言以蔽之，曰：絕！）第四章：她嫁入豪門，發現丈夫原來就是當年肇禍逃跑的司機，而且正在策劃另一場車禍。（批：結尾乃神來之筆，有言簡意賅之妙，非名家不能為之。）看到赤紅欲響的消防局後，你起身按鈴。下車，過馬路，走入書局，向櫃檯小姊要了一份表格，仔細填寫，交上。然後離開，到鄰近的購物商場買了一些日用品。十天後，書局來電，說目前只有（　　）有空為你服務，唯一條件是：請放棄非如此不可的小說觀念。

踢

　　根據命運的安排，抵境之後又是另外一回事。在機艙狼藉的睡夢中，你看見一大班親友努力揚動布條熱烈歡迎你學成歸來。如今卻是一排設計整齊劃一的公共電話向你敞開懷抱。你索性連家也不回了。從行李箱中搜出那小小的記錄簿來回翻查，只管一個接一個地致電曩日熟稔的客戶，表示可以提供嶄新的服務。她們都熱情如故，恍然記起你的名字之後少不了一番寒暄。可是在你稍加說明了所謂的服務後，她們卻不由地猶疑起來。這將是一場絕妙超值的藝術演出，你趕緊補充。可是MD推搪有約，說遲到了男友的臉要生菌發霉。RT堅持母親身體欠安，得立刻載她去覆診。PP說就要考駕照，目前正緊鑼密鼓地複習，只許成功不許失敗。你那緊夾聽筒的頸項漸漸酸麻使你不得不試一試KS。詎料KS恰好悶得發慌，一面嚼瓜子一面嘻哈叫鬧，居然不反對這新玩意兒。於是你拎著行李箱回到以往工作的地方。老闆娘沒變，因為顧念舊情，答應讓你借用場地進行示範表演，雖然她對你所說的再創事業新高峰半信半疑。KS隨後到來，沿途叮叮噹噹鬧著兩腕的金銀鏈

璫，甫照面就蜻蜓點水給你一個擁抱。你那腦子一陣抽搐，猛然記起兩年前她當眾指責你手藝奇差、毫無創造力時也是如此這般的叮叮噹噹響亮。還有那老闆娘，更是陰險地背著你向外挖角，要聘請QJ取代你。你盯著鏡子裡的亮光，想著自己曾在同行的盛大比賽中勇奪冠軍，媽媽健在時還經常為你擦拭那座沉甸甸的獎杯。所以何必為這群不懂藝術的人表演藝術呢？藝術的意義不正是為了證實存在的價值，而非生存的價值嗎？你冷冷「哼」的一聲頭也不回地走出店鋪，留下偌大的愕然和幸災樂禍。就在人群熙攘的市區地下隧道，你找到一個衣著光鮮的乞丐，答應給他合理的酬勞，要他靜靜坐著充當你藝術表演的模特兒。當一切準備就緒，你便亮出傢伙，並在地上擺了個「跳舞理髮」的牌子。

在學習的階段

　　我們在醫院遇見KS的家人，有一句沒一句地聊著，共同分擔沉重不堪的時間。KS則對一切不加理睬，逕自將寂靜與蒼白填滿那床。我們重複觀望他眼角張掛著的怎麼也擦不掉的淚滴，知道他還能呼吸，竊竊推敲他選擇輕生的理由，直到值班護士催促我們離開。沿著長廊，RV建議不要接受協會準備退還的學費。反正前幾堂課KS已經教過我們基本功，即使找不到代課老師，我們仍然可以自行練習，完成整個課程。一眨眼又是星期三，我像往常一樣先在公司附近用過晚膳，才開車到協會會所去。那時他們都已聚集在舞蹈室，等我換上便服，即開始熱身運動。誠然，對我們這些長時間攀附於辦公桌的文員來說，高聳的肚腩總使柔軟體操充滿滑稽而痛苦的氣氛。青蛙扮人似地扭曲了十分鐘，開始進入正課。ET負責播放平時錄好的卡帶，霎時間唏哩嘩啦滿室雜聲飛舞，那些汽車的吼叫、椅子的旋轉、打字機的踢踏、電話的追殺、複印機的哮喘，把我們的神經再次全部拉直。良久，才聽見KS那把熱血沸騰的聲音衝破喧囂。其實哭泣乃是與生俱來、再自然不過的

事。我們一離開娘胎不就是哭得山崩地搖的嗎？可憐許多年來，只因男兒有淚不輕彈這句魔咒，竟連怎麼哭都忘記了。今天，讓我為大家解咒，請跟著我一起回憶，想想在公司所受的委屈。因為工作表現或無緣無故，老闆把你罵得血肉橫飛。明明是你嘔心瀝血的計劃書，部門經理卻據為己有搶盡功勞。新上司走馬上任，同事們再分化出小圈圈，逼你清楚表態。你萬念俱灰欲呈辭職信，卻又念及屋子汽車一家大小等著你的薪水來灌溉成長，只好像狗一樣地賴下去。你越想越覺得自己卑賤，越卑賤就越不開心。對了，就是這樣，不開心就哭出來嘛！讓鼻腔有酸惻的感覺，讓淚液從淚腺分泌、湧現，從眼眶流抵心口，從心口沿著腹部直達膝蓋和腳板，經過眾人流出門外，流向夜晚的街道。明天一早，我們將目睹一場相隔多年的全市大水災。

和西西的星期日遊戲

　　這是夏季。星期日的早晨。醒來的時候（又繼續睡了一陣／電臺已將克林頓的功過評述了一半）。從床上爬坐起來。玻璃窗述說著戶外的春秋。今天的天氣是（晴空和藹開朗／雷聲隱隱的那種，最適合圖謀不軌，例如篡位造反）。把足交給拖鞋。給自己洗臉、刷牙。看見鏡子裡（一朵盛放的蓮／無限憂傷的歷史疲弱地）坐落在一張椅上。在廚房裡倒一杯冰水。爲自己的吃喝思索著（茶樓一定滿座了／夢裡的皇宮）。穿牛仔褲的時候，把袋子裡的圓幣滾翻了一地。結果，有兩枚找不著。爲此作了解釋（災難已經終結／終非池中之物）。給自己作了決定。關於下午（開始寫偉大的小說／還是把《孫子兵法》重新解碼，然後找吳耀宗喝玫瑰茶）。聽見門鈴嚷了一聲叮噹。開門後，遇見（飛進來滿屋子的氫氣球／恭恭敬敬的曹操）。爲此又作了解釋（這是夏季，以及西西的緣故）。採用另一套文字述說戶內的春秋（再說一遍：這是夏季，以及西西的緣故）。夜晚，星期日的夜晚，又從床上爬坐起來。積極地給自己擠粉刺、洗臉、刷牙、漱口，甚至洗泡泡浴。看看小

說／公文裡的意象是否都像雞蛋般煮熟了。滾滾沸騰的水泡中KS赤條條地坐在一張椅上。YY在廚房裡倒冰水喝。男女為自己的情緒利益思索著（生命該不該如此這般？政治上也許還有發揮的餘地）。穿上乳罩內褲，沾染了精子的藍裙子，查看皮包裡的機票是否還在，結果把外幣滾翻了一地。關於星期日的深夜（許多人一面數綿羊一面猜測星期一的股市會不會崩潰），窗外繁星點點，男女無言。曹操從電視劇裡「繞樹三匝，何枝可依」地走出來又走回去，重複數次，末了打後門出去從此不見「周公吐哺」的蹤影，只剩下門鈴很苦惱地嚷了一聲叮噹。是誰？

捉放魚

　　比起你的滿頭白髮，海顯然是年輕多了，只在小艇徐徐梳理時才露出那麼一兩綹。你試著伸手探一探闊別久遠的湛藍，記憶立刻搖曳蕩漾，彷彿又回到那跟隨父親在滿船的汗水擲撒，魚群便向羅網遊來的年代。然而這微微顫抖的興奮瞬間即染上陰影，因為兒子霍然站起身來，渾圓的肚腩擋住了曬在你臉上的陽光。沿著海灣朝目標駛近，他既威風凜凜地為舵手指示方向，又不忘提醒妻兒及老父待會兒的任務。當然，全家都穿上豔紅T恤螢光綠運動褲以便和其他參賽隊伍區別開來，也僅僅是他精心構想的一部分罷了。關於整個家庭日出海的計劃，他早在上個星期就告訴你了。那是一個突然擠進小房間和你聊足十分鐘的夜晚，兒子再三強調希望獲得你的回應參與，希望祖父遺留下來的魚網可以派上用場。你明白他近些年來投注了大批時間及精力在公共事業上，這次還不嫌腥臭親自出來，對錦標當然是志在必得。於是，多年收藏在鐵床下的魚網被你喘著氣拖到花園裡，仔細修補，反覆刷洗，全然不受媳婦的干涉。當他發現攝影船隊已漸漸貼近，便示意開始行動，率先一

腳踩牢船舷，向海伸出長長的撈網。你使勁揚起了父親的遺物，頓時有千百個格子降落海面，緩緩下沉去尋找嶄新的喜悅。擁圍而來的喀嚓喀嚓聲擦亮他的笑靨，使手腳益發勤快。撈起倒入，撈起倒入，不消片刻塑膠桶已填個半滿，桶外全是妻兒的歡呼喝采。你耐著性子再等一會兒，認定是這樣的重量沒錯，才把魚網收起。脹鼓鼓的一堆在甲板上一下子散開來 —— 嘩，T恤圍巾紙盤瓷杯鐵罐舊拖鞋帆布袋玻璃瓶半導體收音機，甚麼垃圾都有。讓開，讓開，媳婦與孫子趕緊戴上手套進行清理的工作。哪，有用的才放進桶裡，沒用的全往船外扔。你半張著嘴想說點甚麼，但糾纏不清的海藻已支離破碎飛了出去。接著貝殼珊瑚或海馬小蝦之類也緊緊跟隨。最後是鱗光閃閃、搖擺掙扎的舊歲月，在船艇擴音器唱出清潔海灣比賽的主題歌中完成了跳海的姿勢。

這一週依然在排行榜榜首愛你

　　穿過零時十分的玻璃大門，我和IV緩緩，向電臺辦公室前進。狹長的走廊上疏疏落落，前有古人，後有來者，但這一切都不是YY的肉眼所能瞅得見的。YY正忙著，在走廊右首門楣上亮著ON-AIR紅燈的第三播音室裡一面播放她拚命推薦卻仍然攀不上排行榜的情歌一面對著麥克風賣弄她的招牌性感。那是一種自以為披上高品味其實廉價地寬衣解帶的說話聲。IV最不能忍受，向她吹了吹氣，立刻冷得她猛打噴嚏。我拉著IV和她那虛線似的噗哧笑聲繼續前進，穿過迎面而來百無聊賴的保安人員，再拐幾個彎，終於來到了辦公室。辦公室的規模說大不大，說小不小，掃瞄過去盡是人頭浮沉的彩色海報，海報底下長年累月養著一群容貌風格迥然不同的辦公桌。偏偏我們要找的那一張面目異常狼藉，猶若連珠炮火後的廢墟。IV吐一吐舌頭，再度提醒我這次行動的後果：就像上一回那樣，一走出廣播大廈即可能被撞得飛起。咻！那有甚麼好怕的？我嗤之以鼻。最多不是魂魄又添一個缺口，總不至於消散亡毀。為了我們偶像那重於泰山的榮譽及前途，這丁點兒個人

的痛苦又算得了什麼？想到這裡，IV也和我一樣，漸有熱血沸騰的感覺。我望出窗外，一眼即見遠處高速公路上KS那藍森森的車子正無聲無息地行駛著，同時擺出準備隨時變速衝入廣播道的姿勢。老天，怎麼又輪到他值班！永遠沒得商量秉公無私得離譜的KS！

撞就撞，橫豎已經豁出去了，我們還怕你不成？向那桌面我們投身而入，潛尋翻查良久，好不容易才將一整疊本週排行榜的投選表格給拽出來。數了又數，核對再三，果然不出我所料，那坐亞望冠者又是擁有比我們的偶像更多的支持票。理由很簡單：上個週末他剛在本地開過個人演唱會，而且臨走前特別聲明只要歌迷繼續全力支持，他下個月還會再來。不過不用緊，我們有足夠的時間。來，IV，寧可殺錯，不可放過，每一張表格我們都搓一搓吹口氣。於是，空格裡的名字乃逐一遵循我們的意願產生變化。即如前次，我們的偶像在這一週的排行榜上還會獨佔鰲頭，而此際KS的車子也正以冷冽如冰的速度向廣播道飆弛而來。

最新計劃書

　　藍迪‧羅布格里耶有句名言是我們耳熟能詳的：
「天才必然不甘寂寞，他需要眾人的矚目。」（甚麼羅
格？羅格里？嚇唬人的吧？平時都不見KS讀書的，現
在居然學人引經據典呢！）自從在電視上表演過後，能
背頌古典詩詞的四歲小男孩和能唱龍虎榜流行歌曲的小
女孩頓時成了家家戶戶的話題，商家們也開始在他們身
上試探市場的可能。（是啊，那女孩可愛極了，我家
YY要是有她的一半就發達了！咦，你家GG不錯啊，還
不快快給她報名參加比賽？）作為大機構的我們，一向
以關懷社稷為宗旨，豈可錯失這天賜的良機？哪，我們
準備先向小男孩的父母索取他的詳細履歷。在核准資料
真實無誤後，就立刻寄發一份給小女孩。當然，小男孩
也會收到小女孩的資料，這是非常重要的，要溝通，
馬虎不得。（有沒有搞錯？這還不是增加我的工作？
我的工作已經多到做不完，現在還要幫KS打字寄信複
印資料，薪水又不加……）在寄出的書函中，我們鄭重
聲明人材乃是我國賴以生存的唯一資源，他們既是國家
未來的棟樑，他們的前途自然也就是國家的前途。（天

啊！KS今天一定是吃錯藥了，怎麼老是提「國家」這兩個字？誰都知道他是最崇洋，最不愛國的。）所以，他們務必要對未來作出慎重正確的選擇。一個才不過四歲，另一個更小，但是他們都已具有一般同齡孩子所缺乏的藝術天分。我建議將這秉賦資源適當地運用，希望通過我們精心的設計取得充分的發揮。換句話說，他們將在我們公司的協助下成為全國最年輕的金童玉女。（甚麼？金童玉女？虧他想得出這鬼點子！）我們準備向電視臺買下播映權，每天十二小時實地直播他們讀書吃飯睡覺洗澡上廁所的情況，直到他們成長舉行隆重的結婚典禮為止。（哈哈，如果他們忍不住有婚前性行為，不知還播不播呢？）當然，這製作費十分龐大，廣告收入只能抵銷部分，其餘還得由公司先墊出。金童玉女在二十一歲結婚後必須每隔兩年生一子女來償還，分二十四年付清。所生的孩子，須交由國家來看護，撥款培育。和他們的父母比較，新生代必定青出於藍而勝於藍，三歲就懂得放歌頌詩。以此類推，自可期待將來一、二歲的孩子有能歌善詠的。總有一天，我們的孕婦必能驕傲的對全世界挺起她們渾圓的肚子，讓胎兒高唱Pavarotti，背誦吳耀宗的詩。所以JC，千萬記得廣告標語要這麼打：敬愛的父母，請鼓勵你們不甘寂寞的孩子參加我們的計劃。讓我們攜手邁向一個更優雅的文明社會。（怎麼又是我？我操！）

浮水戀

　　在瞎了眼似的黑暗中你感覺自己和海面慢慢構成垂直線，然後開始往上升，往上升。不知過了多久，終於浮出水面，眼前豁然雪亮。向左看，碧綠搖曳。向右，起伏是一片鱗次櫛比的湛藍。呵，這又是一個風和日麗熟悉不過的下午在P島岸外的海上晃蕩。周遭陸續躍入眼簾的物象皆生氣盎然，色彩鮮豔得隨時要叫出聲來。然而，異於平時的舒暢，你心中惴惴不安，前所未有地覺得自己似乎游離P島太遠，恐會遭遇不測。海鷗飛過，使你決定向P島的方向靠近。你隨著波浪起，落，起，落，同時從腦袋裡騰出空間想點其他甚麼的，誰知IV突然無孔不入地湧進來。咳，既甜蜜又嗆鼻，這不就是你和她第一次邂逅的感覺嗎？都兩年了，你們總是趁著工作上的便利，相約到P島尋歡作樂。IV一披上泳裝，即叫這世間的一切都酥軟。你始終難以相信她已是兩個孩子的媽媽。這個水做的女人，簡直姿態萬千，可以澎湃洶湧，一下把你捲得三千尺高，也可以輕輕緩緩，把你推，推得遠遠的天涯海角，又拉回來。有時你不免尋想，她對待丈夫是否也是這樣？當然，IV

的萬般溫柔只在P島才給你看，一回到Y城，她就全部收起，變成陌路人。你知道她之所以如此是為了避免閒言閒語，畢竟她那木訥的丈夫還得抬起頭來做人。就像你，儘管在外拈惹，卻絕不會把花草帶回家施肥灌溉，讓它長成樹林淹沒自己的婚姻。在IV的引領下，你的快樂一次又一次地攀登高峰，原以為今生今世都不會休止，詎料卻在她說想要和你有正式名份所以準備離婚的那個夜晚開始往下滑。愛，我是全力以赴；恨，也一樣。這話使你不寒而慄。苦思許久，認為彼此都有必要掂一掂家庭價值觀的重量。IV，你是有夫之婦，我是有婦之夫，我們還有各自的幸福和形象要維持，不能……。可是猝然的一陣劇痛，使你覺得頭殼像是撞裂了。前面有暗礁嗎？一經端詳，原來猛碰的是船頭。你想借它穩住身子，但用盡氣力也伸不出手來抓。隨波俯首，咦，怎麼下面空蕩蕩的只見海水？我的身軀呢？我的四肢呢？抬起頭一片網狀物飛罩而下，你睜大雙眼，船上有人把你撈起。是個二槓水警。想到半小時後抵岸的他將協助你登陸，你準備開口稱謝，忽然看見他身旁黑色塑膠袋子中孤伶伶伸著一截灰腫的手，上面閃爍著結婚六周年愛妻饋贈的金錶。

攜火的朋友

　　整個法庭凝神屏氣，法官把全身的重量擺放在最後一句話。經過復審，陪審團一致認為被告⋯⋯。然後揮動的木槌子一下敲在句號上。對你來說，裁決並不重要，你只在乎事件的真相能否大白。當然，你既是被告，又兼作控方證人，難免身心俱疲。幸好你意志堅定。如同初審，復審的焦點仍在「被告是/不是殺人犯」，旁聽者也寥寥無幾，不時交頭接耳，偶爾打打呵欠。你按照指示先行宣誓，然後一一回答律師的盤問。是的，我認得他們。死者A是KS，死者B是MC，死者C是GB。他們和我是死黨，對於他們的死我感到極度的遺憾與悲痛。哦，我是經由KS的介紹才認識被告的。我住在H街V座12樓J號，是KS的老鄰居。被告經常去找KS，有時是自己一個人去，有時則有MC或GB陪伴。是的，我和證人相當熟絡。證人曾向我兜售保險，我也答應過要買。不過，KS認為他不誠實，說他老是虛報自己是大學生，叫我小心考慮。可能因為生意沒著落，所以他做假口供陷害我。沒錯，我是靠推銷人壽保險維生的，但總不至於因為少了被告的這一單生意就餓

死街頭。誹謗這種事我才做不出來！噢，我常在KS家裡碰見證人。如果我們玩牌，他也會加入，每次都贏。我和KS是十多年的鄰居，他的為人我很清楚：溫文爾雅，無不良嗜好，所交的朋友像MC和GB都很正經。只有被告，就說有點古怪，不時背著死者們說他們是偽君子。他總以為這是個言而無信的卑劣時代，人們只顧著說話而不履行承諾，說了等於沒說，卻可以夜夜安寢，就像KS他們。在他看來，語言已毫無意義，說話不為傳情達意，而是像腹瀉那樣旨在暫時填塞時空。因為這種想法，被告開始對死者們產生偏見。偏見越深，恨意也就越深，以致動了殺機。簡直荒謬！我跟死者們全無深仇大恨，而且案發當晚，我在表弟家裡打通宵麻將，怎麼可能行兇？不！被告撒謊！那晚KS不知從哪裡弄來了一張新影碟，興致勃勃請我們去觀賞。被告原本有事，但我們都答應等他。可是後來，他實在遲得離譜，我們只好先開機看了。他到來時，戲剛好播完，於是大家也就喝喝酒，聊聊天。誰料他恨意未消，竟趁大家酒醉睡著時，躡足潛入KS他們的夢中，開始放火。我想呼叫阻止已經來不及，KS他們渾身著火燃燒，四處哀嚎翻滾。我一驚醒過來，趕緊找滅火器，可是還沒找著，那紅赫赫的三團火球卻已撞破玻璃窗，飛墜下樓。

我愛你。而且用著異乎尋常的冷靜

　　經驗告訴我們，人在入寢後最是身不由己。譬如近些日子，睡夢中你總是發現自己和一堵矮牆相對，矮牆後有人重複經過卻面目不詳，只讓一襲黔色頭篷載浮載沉，鬼森森的叫你害怕。每一次你在電話裡為此夢境而哭泣，我那忍不住快樂的牙齒就會大力咬嚼自己骨節突兀的手指。我想，即使承認整件事是由我精心設計的，恐怕也不會有人相信。在這個謊言流行的世紀，我們僅僅結識了三個月。起初，我從恆城給你寫信，一封接一封的愛慕，形容繁富，語氣誠懇。你在自己用美麗征服了的樂城瞅著我鮮活的文字一尾尾泅泳而來，想必心情愉快。不久，我按照計劃搬入樂城，並且培養每日在你的公寓外徘徊的習慣，試圖引起你的注意。你的美麗一如傳聞，偶爾在樓上窗口出現時，滿園的蝴蝶即撲撲飛起，一下子打開了雕花扇似的半掩著春天的容顏。我一次比一次接近你，總算讓你意識到我的存在，完成了整個邂逅。我們開始攀談，約晤，踏青，喝茶，神速地成為眾人歆羨的一對。可是，我的時間無多，再瘦下去恐

怕要壞事，唯有儘快尋找機會突破彼此間的最後一道藩籬。你始終意想不到我就是你那記不起姓名的情夫的兒子，還一步步進入我的包圍。一夜激情以後，你漸漸地衰弱了，舉手投足也容易感到累。公寓的窗開始緊掩，園中的蝴蝶和扇子收起，你的呼吸將和我一樣，愈來愈輕，愈來愈輕。如今，在面對著矮牆的夢境裡，我已看見牆後那人對我展露出嘉許的笑容。你知道嗎，那正是我可憐的為婚變自縊的媽媽。

蠻禍

據鄰居說，KS的小孩最後一次被看見，是在星期三的黃昏。小孩用死蛇束起他那及肩的長髮，曳著腥紅的長矛越過山頭，消失在那一片黝暗如獸腹的西北大峽谷中。他臉上颳起一陣陣的笑，一陣陣山風般飛沙走石，使聽者的心如亂蓬起伏，結果鄰居把晚飯全燒焦，挨了婆婆的一頓毒打。接著一連三晚都滂沱大雨，唏哩嘩啦落下滿街的貓和狗。警司先生覺得事有蹊蹺，派人上門來，前前後後盤問了KS太太許多問題，又搜查了小孩的睡房許久。KS太太瀕臨崩潰，哭哭鬧鬧，只求警方儘快幫她把失蹤的丈夫給找回來。警員隨便安慰了她一下，順便帶走一些電器用品，說是將來可以作為呈堂證物。夕陽轉出峽谷，從廚房的百葉窗照射進來，記憶似地在KS太太那充滿哀傷的臉上攀爬著梯子。當初祖母曾經告誡，這小孩就像他的先輩，是吃豺狼長大的，如果你們執意要將他留下，那遲早要出事。可是KS毫不在意，還說這孩子怪可憐的，反正我們有的是浩瀚如海的文化，只要給予些許導引灌溉，必定可以使他活得文明幸福起來。對於收養小孩一事，作妻子的沒

有甚麼意見，於是夫婦倆開始付諸心力。他們給他換上整齊清潔、顏色搭配得當的衣服。他們請來市鎮裡的教書先生，每日三小時，教他如何說話，如何打噴嚏，如何舉手投足，以及種種查起書來都源遠流長的禮儀。他們收拾起原來的脾性，忍受著小孩一再打翻飯桌上的湯碗，忍受著他日夜不吭一聲的學習進度，忍受著翌晨醒來總是發現他身上的衣物不翼而飛，忍受著他不吃家裡精心烹煮的膳食而偷偷地在屋後挖掘蜈蚣和追捕蜥蜴充饑。這一切的努力與奮鬥使鄰居們忍不住要感動，甚至舉辦了一次頗具規模的化裝舞會來頌揚他們的慈愛。雖然如此，因為一次不小心，還是讓街尾那唯唯諾諾慣了的裁縫師傅在路過他們家後門時，發現小孩伏倒在地。就在微弱的呻吟聲中，渾身瘀傷的小孩慢慢抬起頭來，那仇恨狂燒不止的目光，裁縫師傅到今天還記得。

習不習慣以及其他的問題

　　吃早餐的時候，拜託你不要把戰亂意外兇殺案等恐怖事故一股腦兒全扔在桌上。一遍兩遍三四遍，你的話不斷，列車般隆隆貫穿丈夫的額頭。可是他學著山的冷靜，堅持「培養習慣需要時間，尤其是培養適應他人習慣的習慣」的觀點。每天清晨，他照舊一覺醒來即打開大門，自鐵柵間取下報紙，「啪」的一聲往餐桌上甩，然後才去盥洗。日復一日年復一年這樣的生活實在難以下嚥，你哭喪著臉對早餐說。沉甸甸的報紙總在你面前一動不動地仰臥著，血肉模糊，栩栩如一具甫遭宰殺的屍體，而他竟然可以在交錯刀叉的同時，以一種類似專家的姿態來細細觀覽，賞玩，沉醉其中。因此所以，你的胃酸激增，滾燙得直往鼻腔噴湧，往往把食慾沖洗個一乾二淨。更糟的是他又經常出國公幹，偌大的屋子就只剩下你一個人代為領取屍體，每次你都毛骨悚然，繼而進入歇斯底里的狀態。你不是沒有試過把難題攤出來討論，但他總會搬出硬若磐石的理由堵塞住你所渴盼的出口（例如「倘若這地球一天不死人，那才是天大的災禍」等等），使你陷入龐然的黑暗中。不能釋懷的結

果，是頭髮大量脫落，形容日益枯槁，甚至養成了夜裡竊竊抽泣，白天則站在陽臺上淒厲尖叫的習慣。左鄰右舍為了她們一再碎裂的玻璃及彎曲的欄杆而來，個個怒氣沖沖，準備流血衝突。這下他才開始察覺到自己的婚姻其實並不如想像中的美好，於是趕緊把那醫生朋友找來，希望能化解危機。當然，醫生絕對是受過嚴格訓練的，只不過在如何也診斷不出你的病癥的情況下，唯有開些抗生素之類的藥，勸你不要胡思亂想，盡量靜養一段日子再說。愛和耐性在拉鋸，喀啦喀啦，異常刺耳，赤彤彤的花兒終於忍不住一朵接一朵從你蒼白的手腕冒出來。再過幾天你就四十歲了，可是每一個新的早晨都穿著昨日的制服到來，說明不能改變的命運。隔著餐桌，看他帶著絕不考慮停止訂報的眼神將日子逐一吞食，你開始微笑。是的，至少你已懂得微笑。等他後來不經意抬望眼時，自然會發現你早已氣絕，而且誠心誠意留下一地凝固的血泊。

燒烤香

　　爲著悠閒而忙碌的渡假村就在前面路口不遠處，視線緊跟著你的減速，左轉，駛入，逐漸縮短。你小心停泊，然後從車後廂搬出今日所需的用品。時間是傍晚六點四十七分。渡假屋裡的同事們笑說遲到好過不到，但請負責起火的工作。從舊公司即芳心暗許以致和你攜手跳槽的IV無聲無息溜出那遊戲空間，陪伴你張羅一切。就在來回走動中，你陡地發現隔鄰嘀嘀咕咕的一群也正開始準備燒烤會，而那猛撕報章雜誌爲薪的男子竟是舊公司同事KS。喂，你看，是KS。你向IV打個眼色，然而她神情困惑。再朝KS打個招呼，你走過去寒暄了一番。言語間聊及舊公司的景況，他敲動一臉琳琅叮噹的笑，說早在三年前就辭職不幹了。自己經營一家禮品專賣店，生意蠻好，工作時間任憑自己控制。今天約了幾個老友來燒烤，沒料竟碰到了你，真巧。笑歸笑，你不忘從陳舊的記憶堆中將KS給揪出來：那時他孤僻得像根鋼釘似的，甚麼聚會都不曾參與。沒想到今天的他居然肯和朋友來渡假村，還主動洗刷擦抹，啊，這世界真是變了。然而當你走過來將這重大發現告

知IV時，她卻輕聲細氣表示隔壁根本沒人，使你乍的一冷，結了兩肩厚厚的冰。終於，漸黑的天色使同事們扔下遊戲，湧上來幫忙——洗叉子的洗叉子，放碳木的放碳木，開醬料的開醬料——各司其職。會計部經理最拿手做沙拉。她把一份份文件餵得碎紙機急吐條絲，一碟碟盛滿了再淋上橙色塗改液，撒些五彩迴形針，色香美俱全。人事部的LC則把兩大紙簍醃好的鉛筆釘洞機裁紙刀電腦軟件全提過來，逐一置於火上燒烤，香味回繞。你佯裝轉身再睇KS一眼，這才發現他們的舉止果然怪異，燒烤架上盡疊起雞翅沙嗲蝦蟹蕃薯之類的死屍，好不駭人。時針甫過九點，KS一夥人即收拾一切離開。臨走前他說明天星期天店鋪照開，歡迎光臨。

必然的星期三

今早送來大後天的報紙。我試著集中精神閱讀，好不容易才在城市的翻覆喧嘩中找到緊緊夾在字裡行間的那幀照片。照片中的我正徐徐步出法庭，衣裝筆挺，彬彬有禮。然而胯間卻是一大片新鮮惹眼的潮濕，叫人瞧了臉紅尷尬。怎會這樣呢？我不是老早就準備好怎麼面對大眾傳媒的嗎？就像當年自殺不遂後那樣，鎮定得沒有了呼吸似的，一步一步向鬧轟轟的輿論走去。可是世事難料，一到緊要關頭我還是不能自禁地尿濕了一褲子，讓蜂擁而來的攝影記者喀嚓喀嚓嘻嘻哈哈捕捉成永恆。我想，這就是命運。從來不能避免瑕疵，永遠在骨節眼上出差錯。即如往昔參加會考，雖將九個科目廢寢忘食前後反覆地猛讀，最終還是有一科考不到特優。於是，母親乃有理由繼續她的高大冰冷，猶若那鎮年緊閉一動也不動的雪櫃在人前人後盯著我看。我被盯得骱觫，手裡一鬆，成績單報紙以及今生所有即散落一地，再也撿拾不回。還是想點別的甚麼吧，我實在不敢面對那冷森森的目光。對了，我心裡其實還裝著你，HJ。你那雪鴿子羽毛一樣輕輕飄落的微笑，在三天前共乘地

鐵時即曾使我感到無限的溫暖，以致回到家裡還停不了手舞足蹈，房間興奮得顫抖。只不過，只不過這微笑畢竟過於短暫了，像昨夜在組屋樓下相遇的一刻，就消逝得無影無蹤。你可知道，從搬來新鎮的第一天我就認定你會對我好？可是爲甚麼？爲甚麼僅僅相隔數日，你卻變得如此冷漠？難道是親友們從中作梗，唏哩嘩啦向你抖出了我的全部？抑或是命運的戲耍，使你在自以爲偶然的情況下發現了當年的報紙，所以對我完全改觀？我一搖頭，又是一絡頭髮如墜樓人。唉，HJ，昨夜我苦思不解，今天同樣得不到答案。我想得大動脈都快爆裂了，還是想不透你。無意中瞟了時鐘一眼。啊，已經七點半，是你上班的時間了。不管怎樣，我得趕快，絕對不能錯過攔截幸福的機會。跳入衣褲竄出家門撲向電梯伸手急摁「叮」的一聲門及時打開。分秒不差，偌大的時空裡窈窕而立的正是你。我微笑著走進去。你依舊面無表情，任由空氣凝結。待門一關上，我那熊熊慾火的手再也忍不住，到處狂燒飛舞起來，吞沒一切。然而就在預料的掙扎與尖叫中，我猝然失去平衡，後腦撞出個巨響。緊接著，是一片溫熱的潮濕，以及黑，在無邊無際地擴大。

無言公寓

　　我是KS，現在不方便接電話。請留下您的姓名和電話號碼，我會盡快和您聯絡。謝謝。嘟……親愛的，今晚公司開會，我會遲回，不要等我吃飯。記得幫孩子整理書包，順便查一查他的功課做完了沒有，不然那補習老師又會打電話來投訴，煩都煩死了。好了，就這樣呵。我愛你，拜拜。我是KS，現在不方便接電話。請留下您。我是KS，現在不方便接。我是KS，現在不方便接電話。請留下您的姓名和電話號碼，我會盡快和您聯絡。謝謝。嘟……老天！我已找了你老半天，你到底跑到哪裡去了？明天的股市會不會再跌？再跌我就破產了！拜託你趕快給我回電。趕快回電啊！我是KS，現在不方便接電話。請留下您的姓名和電話號碼，我會盡快和您聯絡。謝謝。嘟……GB，你怎地還沒回家？媽媽忙，要遲回。哪，如果到九點爸爸還沒回來，你就打開梳粧檯的第二個抽屜，那裡有五十塊錢，你可以到對面麥當勞買晚餐。對了，記得叫爸爸幫你整理書包。還有，你上補習課的功課做完了嗎？要趕快做，知道嗎？媽媽愛你。我是KS，現在。我是KS，現在不方便接電

話。請留下您的姓名和電話號碼，我會盡快和您聯絡。謝謝。嘟……您好！KS先生。恭喜恭喜，您已被我們抽中，成為這次金光燦爛超級幸運大抽獎的首獎得主！請在三天之內給我們回電，以便領取您豐富的獎品。我們的電話號碼是44004400。謝謝。我是KS，現在不方便。我是KS，現在不。我是KS，現在。我是KS，現在不方便接電話。請留下您的姓名和電話號碼，我會盡快和您聯絡。謝謝。嘟……爸爸，我在舅舅家玩電腦，等一下他會送我回來。拜拜！我是KS，現在不方便接電話。請留下您的姓名和電話號碼，我會盡快和您聯絡。謝謝。嘟……我是KS，現在不方便接電話。請留下您的姓名和電話號碼，我會盡快和您聯絡。謝謝。嘟……請問您是KS的家人嗎？這裡是警察局……。

離開耳朵

　　如果生命就像眼前的這面鏡子，你會爲它的沉默而喜悅，還是爲它的寂靜而心碎？其實你沒有多餘的時間來思考這問題，因爲你總是沉溺在雜亂繽紛的聲音之中，不能超脫。我想了兩年，最後離開你，搬進半郊區的一幢公寓。醫生斬金截鐵，說我患的是精神憂鬱症。可是你知道嗎，其實我是因爲承受不住周遭氾濫的喧擾。當然，現在公寓的租金那麼昂貴，單憑我那一點積蓄是無法支撐下去的，所以離開時擅自挪動了你抽屜裡的一些現款和首飾，希望你不要驚慌。我能不能生存下去，就看能否擁有一個屬於自己的空間：安寧，空洞洞，最好是除了自己就一無所有的那種。然而房東太太卻投來疑惑的目光。你眞的要把屋子原有的設備都拆除嗎？如果是這樣，租金得另外算。但是醫生不管租金。切記，你需要靜養，盡量不要給自己太多的壓力。壓力，怎麼又是壓力？爲什麼壓力總是一切問題的根源？我「咻」的一刀斫在鏡子上，鏡子流血，有你流淚的神態。不管怎樣，我在付訂金時硬要她把電話給拆了，把電視機錄像機收音機傳眞機全搬走，並且停止訂報。

雖然我試著解釋這麼做是為求耳根清淨，然而可能因為用詞不當，以致她有些生氣，嘀嘀咕咕反反覆覆說了許多當初花費多少多少錢來裝修這公寓，如果不是因為兒子出國深造才捨不得出租這樣的話。唉，女人都是這副模樣，隨時隨地可以發出噪音，叫人頭疼。可是我還是沒把你忘記。你還好嗎？和我分手以後的日子應該是幸福洋溢的吧？至少你的新男朋友不會像我這樣孤僻不合群，使你在面對朋友時感到左右為難。正當我想像你又投身於一片繁聲盡情歡樂的時候，房東太太驀然轉過頭來，說陽臺上的蘭花她不準備帶走。怎麼她還沒把自己帶走嗎？那留著好了。我指的是蘭花。我想，外頭全是聲音的世界，我還是盡量呆在公寓裡。那剛剛繳清貸款的小車反正沒用，就留給你代步好了，希望你的男朋友不會因為它沒有音響設備而至終將你拋棄。現在屋裡十分謐靜，從鏡中可以看到你們的嘴唇還在張合個不停，幸好說甚麼我都聽不見了。我還要揮動小刀，把以往糾纏不清的種種聲音刮個一乾二淨。那些聲音，來自你，來自醫生，來自房東太太，來自那盆突然噗噗盛開被我扔下樓引起一聲慘叫的蘭花，將隨著鮮血向我的耳朵告別。

時間的囚犯

當KS向我提起即將到Q城一遊，順便引渡一些人回來的事時，我只覺得心底一涼，跟著眼淚就流個不止。對不起，甜心。他以親吻包裝理由。因為是公事，所以不能透露帶回來的包不包括你父親。呵，Q城，那是我出生和成長的地方，每次我登樓眺望，都會看到居住在那裡的父親。這樣一個年逾七十白髮蒼蒼瘦骨嶙峋的老者，居然還得拋頭露面為生計奔忙，做女兒的我可說是不孝之至了。Q城既是你的家鄉，你一定知道有甚麼好玩的。來，甜心，快告訴我。說到旅行，KS總是興致勃勃的，一笑則露出獠牙。他在這個單位埋頭苦幹已多年，好不容易可以出差到Q城去，我自然不好掃他的興，便伴稱那裡四季是春，氣靈地美，猶如天堂的花園。然而說真的，Q城實在沒有甚麼名勝風景可供遊覽。這個地方自三十年前即不再有新生命。它緊抱過去，不見未來，青年人一批批逕往經濟繁榮的A城遷移，剩下那些老弱者守住它，剩下沉沉沉沉的暮氣填滿了它。幸好政府立法規定子女必須奉養父母，它才得以苟延殘喘至今。可是由於孩子們每個月從A城匯過來的

錢僅夠餬口，為了儉省開支，Q城百姓只好停止所有的娛樂。報章首當其衝，不再印行，反正也沒甚麼新聞值得報導與感動。每天，大家吃過簡單的早晨，便在城裡散散步活動活動筋骨，從家裡走到訃告坊，去看看新的一天又死了哪一個故友舊鄰，然後四下閒聊，內容不外是預測幾時會輪到自己上榜。父親原本也和眾人一樣通過散步閒談來消磨晚年，詎料前年我意外身亡，失去依靠的他只好變換身分，當起導遊，專門帶領旅客遊覽訃告坊。旅客大抵都是喜歡遊覽過去的，所以愛赴Q城，站在訃告坊的訃告榜前拍照時橫豎是一幅留住時光的欣悅模樣。KS也是如此，行李還沒收拾就忙不迭地餵那相機吃軟片，準備帶回許多「KS到此一遊」的證據。唉，等我哭累了，我會登上樓頭，目送他抵達目的地。到時，父親必定前來迎迓KS，照例會帶著那頂暗綠色遮陽帽，手執印有旅行社標誌的小彩旗，以專業的快樂語氣說：歡迎！歡迎！請跟我來，讓我們一起憑弔這個城市的未來。

鏡頭向榮譽趨近

　　當工作人員把麥克風別在你的襟上時，你已設計好答案，換上亮麗的笑容，隨時可以接受訪問。攝影棚如火如荼，導播忙得驚濤拍岸，十足捲起千堆雪的樂隊指揮。你看著自己那獲獎的海報慢慢放大，成為節目的背景，禁不住暗聲叫好。多妙的標語啊──想想來世得投胎成樹，聆聽身上那一斧一斧的巨痛，不如現在就加入環保隊伍──這次得獎全靠它。既是沉醉其中，自然沒有察覺到自己的一張海報已被風吹起，飛出大門，飛向街道，飛過高樓大廈，飛到你乾癟的臉上。這時，你的上半身已經麻痹不聽使喚了。朋友們一個接一個，早在你的四周枯萎，停止了呼吸。現在就快輪到你了，不知怎地竟然有些茫然起來。回想當初，究竟是誰建議全體絕食以維護最起碼的尊嚴的？居然毫無印象。不過，誰都知道只要稍存正氣，就得挺起胸膛來抗議人類的虛情假意。長輩們曾經說過，沒有人的地方，才是快樂的天堂。所有在場的莫不歡呼雷動。當時你只覺得熱，熱，熱，非得轟轟烈烈地幹一場不可，否則枉費一生。因此一聽到集體自殺的建議，第一個就高聲贊好。看那攝影

機慢慢趨近，你先擺出沉思的姿勢，然後開始強調創作的艱辛，娓娓敘說自己是如何地長夜挑燈擬稿，苦思極想，並且撕碎了一屋的稿紙才完成這神聖的任務。當然，只要能達到向人們灌輸環保觀念的目的，你是不惜任何代價的，這就是藝術的偉大之處。話剛說完，主持人緊接而上，興奮地嘔出一堆七拼八湊充滿敬意的話，還領導現場觀眾熱烈鼓掌。你忽然感到疲乏無力，眼淚欲滴。朋友們陸續捐軀了，然而卻還有十萬份的海報在連日趕印，準備四處張貼，宣揚主辦機構獨到的眼光。而某個過氣作家也因為寫下一系列關乎環保題材的小說，竟然紅得發紫，單行本直登十大暢銷書榜首，平裝本精裝本注釋本翻譯本海盜本一版再版。一個行人匆匆路過你身旁，你將最後一片葉子掉在他無以透視的頭上。這時，鏡頭凝住，讓觀眾用三四秒的時間欣賞你沉思的神態，然後又回到那句鬼斧神工的標題上。鳴謝節目贊助商的字樣隨即一一出現。

瞬間

　　猝不及防地墜落。然後在展覽廳的大理石地面一下子摔個粉碎，分不清激濺而起的究竟是那南宋龍泉大窰的雲鸞牡丹紋青瓷器，還是眾參觀者臉上無比的驚訝和惋惜。你堅信人世間的種種創造都是為了表現美，但所謂美又是如此的脆弱，必須仰賴瞬間的毀滅方能留存於永恆。譬如無數年前的某個古董拍賣會上，半生叱吒商場的父親就陡地鼓脹著紫青色的臉，手撫胸口，無聲倒下。留下不知所措的母親，財產在狂濤般湧至的親戚朋友中被吞沒了一批又一批。起初，母親也曾悲泣痛嘶咒罵。後來漸漸筋疲力竭，乃終日對著結婚照喃喃自語。過去的歲月何其璀璨但為何不復返？稚幼的你學著母親蜷縮在大屋的一角，希望就此睡去，永遠睡去。可是有一天，母親突然清醒過來，小心翼翼，用妝鏡將散塌的長髮梳成昔往明麗的雲髻。這時你眼前一亮，咬牙切齒的保安人員已撲將過來。你使勁掃開人群，掙扎突破重圍，躍至展覽廳的另一邊，迅速掄起一隻貼花龍紋盤，又攧成一弧驚天動地的聲響。當母親那一度消失的豔嬈如貪戀的靈魂重附肉體，許許多多寂寞的戀慕的心乃恢

復跳動。陌生的叔叔來了一個又一個，大屋裡的裝修擺設換了一次又一次。你望著那用以對飲的小酒吧櫃檯，沉澱著歡笑快樂的進口高級沙發，為耳語輕輕伴奏的鋼琴，照映纏綿身影的水晶燈飾，生滿鬱金香的落地窗簾。種種精緻的美輪流登場，也輪流散場。為了替可憐的母親挽留這一些，你前思後想，或用鋒銳小刀戳了又戳，或用黑漆潑了又潑，或唆使蛇一般的火焰從你手中狂舞起來。你向展覽廳的出口奔去，一具深藍色的軀體在你面前如牆驟升。來不及反抗，手臂已被扭住，臉被猛按到地上去。你喘著氣說你就是喜歡這樣完整的毀滅。

河馬慢跑

結婚大抵七載了，妻不曾以如此憂惶不安的眼神看我。我一直在S中學執教，她一直在家裡照顧孩子。生活平靜似水，偶爾舉家外遊，才輕輕漾起了漣漪。GB很乖很懂事。即使近來老愛盯住電視螢光屏上潛遊而過的河馬與標語，也不會像其他同齡孩子般纏著要去動物園玩。倒是有一回碰上鄰居談開了，我才怦然心動。想想半輩子都過去了還沒到過動物園，實在應該去瞧瞧是否真如學生作文裡所描寫的那樣生趣盎然。週末到來，我們一家三口終於身歷其境。那圓滾滾的畜牲果真踮著腳尖慢跑在水底，一如廣告所演。剛想鼓掌喝采，其中一員霍然轉過身子，竟對著緊貼玻璃的我們開始大解。這突如其來的舉止叫我措手不及，只知沉寂多年的腦海轟隆炸出一朵巨響，生命彷彿遭受了劇烈的震撼搖晃。我嘎嘎失笑，對當前的一切感到無名的興奮，乃至幾個星期過去了仍然心花怒放，做甚麼事都精力充沛，意氣飛揚。即如那日給快捷班上課，靈感忽然顫動，使我刷刷地在黑板上寫下「如何遊覽動物園」七個大字，且對堂下鬧烘烘的一團視若無睹。兩天後，我被校長大人召

去「嗎」了一頓。你知道自己在做甚麼嗎？（笨蛋！）你以為你是專靠想像力吃飯的大作家嗎？（荒謬！）出這樣的作文題目就叫有創意嗎？（牛屎！）你見過會考試卷出過這樣的題目嗎？（白癡！）你知道家長們一個接一個打電話來投訴使我煩不勝煩嗎？（混帳！）火山似的咆哮連連震動桌上的日曆茶杯筆筒紙鎮，日曆茶杯筆筒紙鎮連連震動桌前的我。然而不知怎地我竟能心不在焉，只想到GB課文裡關於發明水蒸氣機器的故事。其實在那堂課結束之後，班長曾經代表同學們到辦公室來，懇請我將該次的作文作廢，改出一些他們較能發揮的題目，例如「動物園一日遊」、「參觀動物園」或「動物園遊記」之類。我開始後悔為何當時竟如頑石，不肯虛心接納建議，以至落得今日這步田地——既得給校長大人寫長長的報告書，條分縷析出此作文題目的動機意旨，還要附上一份經由三位資深教師審核的標準答案。我撚亮了燈，把漫漫長夜在書桌上鋪開，然而紙張卻固執地抓住空白不放。隔壁房小小的睡夢裡GB大概還吮著甜甜的姆指。妻則仍以憂惶不安的眼神看我。唉，河馬繼續在未扔的動物園入門票票根上慢跑，偉大的靈感啊此刻你為何不復顫動？

（備註：此文獲第三屆（1993-94）亞細安扶輪青年文學獎（微型小說）第一名）

生在典型的年代

　　作爲小說人物，你必須擁有至少一個名字，確定的性別年齡五官身材與職業，典型個性及嗜好諸如此類的資料，才方便讀者認領，甚至進行分門別類。然而當你在五十二街與第三通道交界處的街燈旁醒來時，你不由得不大吃一驚。腦袋脹鼓鼓的，被空白填得滿滿。你對自己竟然全無認識。作者甚麼也沒交代，就連一張身份證也沒給你。你準備抗議，陡地迎面而來某個行人向你說了聲「嗨」。是朋友還是親戚？剛想啓齒，那人已閃入左首一幢大廈。你快步追上前去，電梯卻「叮」的一聲把你和那應該熟悉的背影割切開來。慌張歸慌張，最後你還是跟著，別無選擇地上了六樓。六樓辦公處大如廣場，軍隊似地排列著許多桌子，神情肅穆，不容侵犯。倒是桌上的一張張臉顯得親昵些，一見你立即打招呼，像是認識了大半輩子似的。雖然如此，一旦想找個人查詢自己的姓名身世，大家卻不約而同，轉過身就忙個天翻地覆起來。你游目四顧許久，因爲有玻璃窗的坦誠佈公，才知道原來每張臉都和你一樣，完全分辨不出性別，是個歧義多到無從詮釋的符號。行文至此，作者

自認已經使用了超後現代的字眼來描述你，是時候結束第二章了，於是連按兩下ENTER鍵，進入第三章。第三章該怎麼開場呢？好不好就讓你在前兩天剛發生青少年火拚誤殺行人事件的三十六巷巷口醒來？這時，你或五臟移位，頭重腳輕，或渾身是傷，血流成河，可以任由讀者決定。至於小說的高潮，則在讓你又一次碰到向你「嗨」的人，使你對「嗨」這個符號倍感困惑難解，不知所措緊跟其後。前面仍是三步走成兩步的快，把你帶到擺滿桌子的另一個空間。然而這次卻是在大牌四五七組屋樓下，而且再也沒人親切地跟你打招呼。一張張麻將臉忙著在桌上鍛煉千變萬化的句法，喀啦喀啦地推倒了堆起來堆起來了再推倒。此刻讀者如果已經買了這本小說，而且翻到這一頁，將先瞄見緊隨而來的人快手快腳地燒香，鞠躬，交賻儀，安慰家屬，然後是你那據說是生平最滿意的黑白照在眼中煞有其事地笑。

慾望的版圖

　　將來退休，就在這附近一帶買棟房子，依山傍水，觀魚聽鳥，頤養天年。每次和你到來，父親總是這麼說。你們父子倆都喜歡親近大自然，一有機會擺脫城市的束縛，就會開四小時的車到Q湖來。你們喜歡繞過湖對岸進入森林，隨著泥土的起伏慢跑或散步，讓長期緊張的情緒在草葉們婆娑的節奏中舒緩下來。森林用一種廣袤宏大的寧靜籠罩著你們，堅實的城堡般圍護著你那再也無法承受任何傷害的疲憊的心靈。你竊竊地感激。這是自然天地施予的恩惠。也只有在這不受干擾的世界裡，你才能完完全全放下心來呼吸，轉身，鬆動筋骨。當然，父親也經常找機會傳授經驗，教導你甚麼是政治。就在那棵高貫雲霄傲視眾木讓你們望之即生敬意的橡樹下，他一再苦口婆心。所謂政治，說穿了不過是在為一己的慾望耍手段而已。舉個最新的例子，前天下屬GB不小心犯了錯誤，我就趁機把他給解僱了。GB的工作表現越來越出色是眾所周知，尤其是近半年來，簡直是鋒芒畢露。這樣下去，我遲早要被他所取代。先下手為強，後下手遭殃，人不為己，天誅地滅，你明不

明白？你點了點頭，因爲不想讓他失望。然而知子莫若父，對於心軟慣了的你，他還能不明白嗎？也唯有太息了。有時，你們也會帶著KS一起。KS是出了名的乖順，只曉得圍繞在你們身側跑動。可是今天，不知怎地竟狂吠不止，一逕地往前奔。儘管你們一再呼喝，牠卻置若罔聞。你加快步伐追趕，愈逼近KS，則愈把氣喘如牛的父親拋在後頭。終於，KS在一墳土堆前停了下來。你張望一番，發現自己原來就在森林的心臟地帶。KS連吠數聲，用前爪猛扒了一會兒，接著一頭鑽了進去，許久都不出來。你等呀等呀等得不耐煩，便試著扒開土堆。不料前頭一陷，你「啊」地一聲尖叫，整個人竟墜入地底。待習慣了周遭轟隆隆的震顫，你才敢睜開眼睛。可是眼前這景象一下就把你駭住，嚇得你忘了透氣。一層層泥土咯喇喇咯喇喇被撐開，數不清的盤根錯節到處鑽動散走。洶洶追趕著這些細根幼柢而來的，竟是那棵橡樹巨大孔武的根。KS路見不平，死命緊咬其中一條不放。然而其餘的還是繼續四處伸展，擴大版圖。任何弱小者一旦躲閃不及，立即被絞殺。

擺明句點

　　從望後鏡中看到早上的會議，我忍不住要生氣，以致轉彎時忘了打訊號燈，被後頭的豪華汽車猛按喇叭。升經理已經六十八天又三小時半的KS繼續施展他慣用的伎倆，在會議上猛逼我們說話。說什麼要同事們集思廣益共進退，其實到最後還不是將我們的心血綜合成他自己的意見，好呈交予上頭領功？他媽的，吵什麼吵？有錢了不起啊？再按喇叭，看我不把你全身的筋脈都震斷！再次轉彎，我把車子駛入大廈底層的停車場。算他走運。在樓上部門排隊取了號碼，和櫃檯螢光板上的稍作對照，發現至少得等上一個鐘頭。幸好已經請了半天假，不必趕回公司去。我將自己塞入椅子隊伍中，前後左右打量一番，並無熟人，於是從大信封裡抽出各類文件，逐一查看。肯定全部帶齊之後，再由頭翻閱一遍。時間在頸項之上緩緩蠕動，使人頗不自在。倘若一切順利，兩個星期後的今天，我的名字將和某個編號相為呼應，清晰端正童叟無欺地出現在那幀自己很不滿意自己的照片旁，然後被透明膠紙密封起來，扣上小鐵夾，夾在口袋上四處展示、隨時說明。坐在右邊的男子百無聊

賴，開始在攜來的報紙上塗畫文字。一眼瞟見「生命是個靜態動詞——等」這樣的句子，我只覺得鬱悶，肚子裡的午餐翻攪了一陣。轉移視線，從前方那緊閉良久的面試室，可以揣想今天的面試官有多磨人。我試著猜度待一會兒將會面對甚麼樣的問題，可是思緒頻頻被打斷。左邊的兩個女子喋喋不休，從剛才抵達到現在，彷彿害怕人生還有甚麼地方沒被聲音填塞似的。驟然面試室的門敞開，放出一個穿蘋果綠的女子，逕迎著我身旁這兩隻嘀嘀咕咕的鴿子彈跳過來。怎麼樣？怎麼樣？面試官問些什麼？鴿子們迫不及待，原來是一夥的。一點都不難！蘋果綠一臉笑紋。哪，問來問去，還不是為甚麼要申請緘默證這樣的問題。嗤！真是白癡！申請緘默證，當然是為了證明個人擁有緘默權，要合法永久地保持沉默。我從上學到上班，最憎恨的就是別人要我發表意見。有了這張緘默證，就可以向全世界公開我的平庸，省得別人再來騷擾。任何人要我提出個人看法，我都有權不開口。出席會議，可以不作聲，不必再假借傻笑來表示茫然，多好！聽她這麼說，我鬆了一口氣。想到通宵達旦準備這次的面試，眼皮忽然有些沉重起來。

壞空間

　　地鐵的尖叫聲幾乎割破了所有的神經線。緊急煞車後，司機從他火熱的座位上彈躍而出，箭也似地穿越人群飛向中截車廂來。眾人騰出一點空間，老婦軟綿綿倒伏在那裡，單憑青灰色一張臉，看不出是生是死。司機只好一面扶著她，一面打手機叫救護。裝暈是嗎？還是扮中風？我可沒那麼容易上當。打死也不讓位！KS下定決心，釘子般貼緊他的座位，並趁大家忙著議論紛紛時把老婦攤在他鞋尖上的手一下踢開。打開掌上電腦，下午股票價位再攀新高。屁股下這座位挨著中截車廂的門，因為在地鐵到站時是最靠近升降梯的，所以成了乘客們必爭之地。有人爭，自然升，昨天收市時股票又起了三毛錢。反觀其他座位，尤其是車廂前後兩頭的，　股價就低得多，近幾個月來又頻頻猛跌，老早遠離初上市時的價格，說不定哪一天還會被除牌呢！終於等到救護人員出現，老婦被抬走，地鐵恢復運作，大家歡呼。KS小心地瞟一瞟周圍，確定沒有甚麼可疑人物了，坐得比較安心一些。到了E線第四站，鄰座的癡胖學童起身，換個瘦削的青年坐下，終於可以略為舒展一

下逼迫的雙肩。從去年開始，KS就辭掉了工程師的工作，全心全意經營股票。對於地鐵中廂車位這隻紅股，他可是花了不少時間去研究分析，最後才投注全副身家財產的。為了好好栽培，只許它升，不許它跌，KS每天從早上到傍晚，除了午餐時間休息半個鐘頭外，必定霸佔著它，不容他人染指。別說是雞皮鶴髮的，就連小孩、殘障人士和大腹便便的孕婦他也從不心軟讓位。記得不久前有人居然指著他上頭「請讓位給需要座位者」的標語數落他的不是，他反應敏捷，回敬以一句「我也付同樣的車資，為甚麼要我讓位」，立刻駁得對方目瞪口呆。KS為此興奮了一個星期，暗暗慶幸自己受了十幾年的教育沒有白費。雖然經營股票頗為辛苦，但辛苦是值得的，將來孩子留學海外吐氣揚眉靠的就是爸爸天天苦守的這隻股了。唉，孩子也許不知道，從事甚麼行業都得承擔風險。像地鐵就不怎麼太平，近來連連發生不讓位的乘客遭殺害的恐怖慘案。據報章報導，有所謂好事者，相貌身材普通到令目擊者無從記起，會先在你身旁坐下，毫不起眼，然後隨著地鐵的前進慢慢地向你逼近，哦，不，他完全沒有移動，是他身上的肌肉不斷地膨脹，一分分一吋吋把你擠啊擠向地鐵門邊的玻璃屏！你，就像現在的KS，開始時只覺得這人怎地這麼討厭，有自己的座位，卻不斷地擠過來，慢慢地才覺得

事有蹊蹺，但已被擠得透不過氣，想叫也叫不出來，整個人被推壓在玻璃上，左肩承受不住先脫了臼，臉漸漸呈紫色，末了心臟「噗」地一聲爆裂，冰涼的血從眼睛鼻孔嘴巴耳朵溢湧而出。

附　錄

吳耀宗：讓小說慢跑的詩人

黃萬華

　　剛剛步入不惑之年的吳耀宗，在新加坡文壇中卻已是有二十多年創作經驗的實力作家了，不僅有詩集、小說集刊行，更是榮獲多項文藝殊榮。

　　1981年，還只是16歲青澀少年的吳耀宗便用一首情詩〈野薑花的揮別〉叩開了文壇的大門。那時的吳耀宗，少年情懷總是詩，在用詩傾吐內心秘密的同時，也為自己取了一個獨特的筆名——韋銅雀，這個筆名濃縮了吳耀宗早期的創作生涯。韋銅雀時期的吳耀宗，是一位少年詩人，1988年出版的，收錄了他早期代表作的詩集《心軟》，可以說是他少年心態的寫照。

　　為《心軟》作序的夏心這樣說道：「韋銅雀的內心世界，是都市少年的心態速寫，是對未來的探索，對已知的惶惑。包括必須面對的學業的壓力，對未來立足社會的恐懼，對人生意義的追尋，對傳統與現代的彷徨，還有那支配著世世代代的人的一個『情』字。包括親情、友情、涵蓋一切的大我的萬物之情。當然更包括屬

於小我但卻萬古長新的愛情。」[1]

夏心的話基本涵蓋了《心軟》作品中的精神指向，韋銅雀的詩中滿蘊著真摯與純潔，在天真的情感告白中坦露真性情。這種坦率真誠的特質，集中體現在詩集中描寫初涉愛河的那部分作品，而這些情詩，正是《心軟》精華所在。

《心軟》共收錄了詩人自1981～1988年間的代表作品，分八輯。可以說，將這八輯詩章串聯起來的正是韋銅雀那些忠實記錄戀愛經歷的情詩。讀者在這些或甜蜜或痛苦或超脫的愛情詩篇中同韋銅雀一起成長，共同成熟，去體味愛情的百種滋味。

〈野薑花的揮別〉所寫單戀、失落的陰影，〈朦朧〉所寫熱戀中情到濃時的投入，〈向你解說〉用交會的眼神傳達出心意，〈兩手之分〉所寫「初戀如夢的允諾」像潮水一般，「冷然湧來，也冷然而退」的分別。我們都不僅可以看出詩人心路歷程的種種變化，更能看到詩人在創作的技巧、形式方面一步步由稚嫩走向成熟的蛻變。可以說，這些愛情詩代表了吳耀宗在早期韋銅雀階段的創作水準和精神風貌。

吳耀宗的韋銅雀時代隨著他赴美留學深造而告一段

---

1 夏心：〈少年十五二十時：讀韋銅雀詩集《心軟》〉，韋銅雀：《心軟》，新加坡：泛亞出版公司，1988年。

落。在美期間，吳耀宗就讀於華盛頓大學，獲得博士學位。隨後，回到新加坡國立大學，在中文系擔任助理教授，由文學青年轉變爲學院教師。同時，吳耀宗沒有放棄文學創作，只不過身分由詩人韋銅雀一變而成爲微型小說家吳耀宗。對此，爲吳耀宗微型小說集《火般冷》作序的也斯不無驚訝地說：「1989年前後的新加坡……在寫作和戲劇界，還是有人在努力，年輕作者群也有他們的幹勁和活力，韋銅雀就是其中之一……一晃十多年過去了……當年的年輕詩人韋銅雀原來現在已是學有所成的吳耀宗博士。」[2]

繼續創作的吳耀宗在小說領域同樣取得了可喜的成就，出版了《人間秀氣》、《火般冷》等數部作品。並榮獲1998年新加坡短篇小說第二名，1994年亞細安扶輪青年文學獎第一名，1998年新加坡青年藝術獎等多項殊榮。

值得注意的是，短篇小說集《人間秀氣》是吳耀宗轉寫小說後結集的第一部作品，雖然在出版時依舊用韋銅雀的筆名，但是手筆已經今非昔比。寫作時間跨越1986年至1989年，正如吳耀宗在後記中自述「千餘日子裡，才得八篇作品。此次結集，算是我創作小說歷程的

---

2 也斯：〈小序〉，吳耀宗：《火般冷》，香港：青文書屋，2002年，頁7。

啟端」[3]。

　　時隔近二十年後回溯這八篇作品，仍能時時體味吳耀宗當年的出手不凡。少少的八部短篇，全部刊行於獅城主要報章，並有三篇斬獲各類文學比賽獎項，深得讀者好評，文壇肯定。

　　吳耀宗本人在後記〈撕稿成雪又如何〉裡總括了全書面貌：「這般苦命經營，寫出來的竟然不是什麼崩山裂海、鬼哭神嚎的曠世題材，來來去去的盡是一些浮世男女的愛恨片斷罷了。」[4]

　　情愛糾葛本是文學創作中永恆的母題之一。然而在20世紀80年代末，已躍升為「亞洲四小龍」之一的新加坡，經濟飛速增長，社會變革加劇。快節奏、高壓力下的日常生活開始發生變化。人們的世界觀、愛情觀也隨之改變。這八篇作品主要關注的就是這些微妙的情感變化。像〈野火燒不盡〉中的女強人和弱勢丈夫的矛盾，〈衣上舊痕〉裡新老兩代人價值觀的衝突以及〈消磨〉裡男女戀愛婚姻過程中的種種問題。

　　尤其令人稱道的是，吳耀宗大膽地涉及了當時乃至當下都是敏感禁忌的同性戀題材，塑造了「媚將」和

3　吳耀宗：〈後記：撕稿成雪將如何〉，吳耀宗：《人間秀氣》，
　　新加坡：潮州八邑會館，1990年，頁148。
4　同註3，頁147。

「梁雁己」這兩個堪比美人的另類角色。同時，表現這一題材的〈媚將〉與〈人間秀氣〉兩篇小說也獲得了小說比賽的獎勵，從中亦可以揣測出新加坡社會對同性戀現象的認同狀況。

寫作於1986年的〈媚將〉，展示了當時尚屬潮流前沿的時裝行業，行文中屢有出現的「模特」、「時裝show」、「酒廊」和「時裝策劃」等新興時尚的事物勾勒出文中各色人等斑駁命運的環境底色。

在滿眼華服麗人的時裝秀中出場的「媚將」乾奕，白衫長髮，以男兒之身豔驚全場，「那光芒如珍品一樣耀眼」，連身為女性的「我」都自嘆弗如。

然而這樣一個「怎一個俊字了得的男子」卻隱隱使「我」感覺到「驚心動魄」。隨著故事的展開，原來這樣一個身世顯赫、生活優渥的美男子竟是一個陰險的同性戀者，不僅將同伴佃來生引人歧途，破壞他原本正常的婚姻生活；最後更逼迫佃來生拋棄未婚妻，在絕望中自殺。正像文中「我」的相熟溫蒂所說：「媚將是個高度危險的人物，使很多人陰溝翻船。」

吳耀宗塑造的「媚將」乾奕，將傳統意義中「面若桃花，心如蛇蠍」的負面女性形象符號全部移植到一個男性的身上，再加上同性戀的因素，在當時無疑充滿了巨大的顛覆性和震撼力。

　　林高說：「吳耀宗的作品，不論是以前的或是當下的都從社會學的角度作深度剖析，『媚將』則又是一個傳統觀念中男同性戀者的典型形象。」安東尼‧吉登斯在他經典的《社會學》教程中提到19世紀60年代形成的「同性戀」術語意指性格畸變、威脅主流社會健康的單獨類型的人，而且同性戀男性多見於美容美髮、室內裝飾及藝術等特定的職業部門。這導致普羅大眾在同性戀問題上大多持有懼怕、厭惡等「同性戀恐慌」的態度。

　　據此再回看〈媚將〉，文本中身為時裝屋策劃人的乾奕，工作於以女性為主的時尚行業，甫一出場便令「我」隱隱不安。此後在溫蒂的眼中他是「高度危險的人物」，佃來生也悲嘆與乾奕是「那種畸形關係」，直至事件矛盾激化，「我」「漫聲大罵」乾奕為「害人精」，從中可見作者當時對同性戀持有的觀點，仍然是傳統固有的保守態度，從道德和價值判斷上都持有保留態度。

　　而三年後，1989年的短篇小說〈人間秀氣〉，則可以看出吳耀宗對同性戀的社會價值觀已發生變化，更趨認同與關懷。

　　〈人間秀氣〉以一張婚禮請柬引入正常和諧的兩性社會。可是在這樣的喜慶時刻，主人公姜令澤卻念念不忘一個男子。

　　與〈媚將〉中那個令人膽戰心驚的嫵媚乾奕相反，〈人間秀氣〉中的美男子梁雁己則讓「我」心生憐愛與親切。他的「蔥白色細長的手指」在「我」看來是「石之青美者」；「他自己站在畫店的豔玫幽蘭之間，其實也是一株清麗的花」，甚至分離經年相見後他的一顰一笑「都是人間曾經遺失的秀氣」。

　　類似這樣的對比文中比比皆是。與出身將門的乾奕一樣，雁己同樣也是富貴子弟。然而「媚將」衣食無憂，以玩弄男伴，破壞他人生活爲樂；雁己則爲了愛人背離家門，甘心過邊緣人的生活，僅以一枚青玉戒指留做身分的信物。「媚將」陰柔險惡，令女人心驚、男人喪命；而雁己善良專一，哪怕愛人是應召亦不離不棄。從這些簡要羅列的對比中不難看出，短短的三年，讓吳耀宗觀照同性戀世界的眼光變得更加寬容與理性。人無分男女，情不以對錯，只要是眞摯的情意、美好的願景，降臨在誰的身上，都是值得呵護的。

　　當然，吳耀宗在《人間秀氣》中似乎也有意將同性戀的設置淡化，而突出「情意」這一母題。所以在文中走馬燈般輪番交雜著「我」與子韻的戀情，滿阿姐與「我」姐弟般的關切，「我」與梁雁己微妙的同性間的友情，以及潛藏於深處的，也是文本中最重要的情愫——葉勉與梁雁己生死不離的苦情。種種情感流轉糾

結，眞似文中所寫的，午後倦怠時，無聊地「觀望酒店大堂上看來來往往的旅客」，「這番景象因爲透著一層玻璃，浮光掠影的更像是一段戲，須臾短暫，明明不能當眞，卻都一一相信了」。

從整部《人間秀氣》小說集來看，由性格鮮明、矛盾尖銳、批判傾向較濃的《媚將》開篇，再到情感細膩、層次綿密、經營情意見長的《人間秀氣》收筆。八篇作品一步一步地趨近吳耀宗在後記中對於心目中小說的標準「追根究柢，是因爲執迷於《印度之旅》的作者福斯特的一句話：『一部小說的成功在於它的感性明銳，而不是在於它的題材優越』」[5]。

在經歷了短篇小說寫作的磨礪和準備後，吳耀宗轉而開始了另一種新型文體——微型小說的創作，這一寫作樣態成爲他當下創作的主要形式和內容。

林高在論及吳耀宗的微型小說集《火般冷》時說，吳耀宗的小說「都很明顯地想要減慢讀者的閱讀速度。他的小說並不是在經營一個故事、情節或者人物，而是刻意地去經營氣氛，從而傳達一個訊息」[6]。吳耀宗小說創作的獨特之處正在於他對小說中背景、氛圍、心態

---

5 同註3。

6 〈四人話語：談吳耀宗的微型小說〉，吳耀宗：《火般冷》，青文書屋版，頁105。

這部分內容的看重，全文的主題和旨意都經由環境的微妙變化或突轉直下得以表達；而表達這種氛圍、情境的文字形式則是長段長句，它們直接從感官和實際效果上造成了情節的凝滯、氣氛的延宕，從心裡感受和外在時間兩方面延長小説的意蘊。而他的長句又不是簡單的堆砌詞語，拼湊成分，而是著力使句子充滿意義的複合性和多義性。就如希尼爾所説：「我從他的作品裡發現一個共同的特點，就是善於顛覆文字的結構與刻意扭曲詞語的原意，從而達到營造氣氛的目的。」[7]這個特點更被洪振隆説成是「吳耀宗作品的註冊商標」。這樣的商標式的精彩長句可以説隨處可見：「夕陽轉出峽谷，從廚房的百葉窗照射進來，記憶似的在KS太太那充滿哀傷的臉上攀爬著梯子。」（〈蠻禍〉）「可憐孩子只能站在手術台旁，眼睜睜看著自己微微轉灰的屍體被銀鉗子夾出來棄置於膠盆中，忍不住號啕痛哭。」（〈忘記的過程〉）同時，這種獨特的長句語言富於「聯想性」，董政農也舉出一例：「〈蠻禍〉中，有一句這樣寫：唏哩嘩啦落下滿街的貓和狗。非常的形象化和意象化。落下來的不是雨，而是滿街的貓和狗。」[8]

這種處理文字的方式和功力使吳耀宗的微型小説

---

7 吳耀宗：《火般冷》，青文書屋版，頁112。

8 同上註，頁107。

展現出迷離奇特的閱讀效果，使人一見忘俗，爲之著迷。吳耀宗的這種結構文字的方式得益於他早年的詩人身分，詩人爲了在簡短的句子和不大的篇幅中傳達盡可能多的含義，自覺地鍛句煉字，採用諸如用典、重構語序等方式，增加詩意的多義性和層次感。現在，借鑒創作詩歌時的經驗和體悟，吳耀宗的小說中伴有了一種詩化文字的特色，更好地表達了他「營造氣氛」的小說理念。

對應於小說節奏緩慢、氣氛微妙，吳耀宗小說的主旨表露也冷靜而含蓄。獲得第三屆亞細安扶輪青年文學獎第一名的小說〈河馬慢跑〉就是一個典範。

小說大致講述了「我」因在動物園看見河馬對人大便的真實畫面而突然產生一種生命的靈感。這種靈感導致「我」給學生出了一道逸出常規的作文題——「如何遊覽動物園」。結果，這道富有新意的作文題不但沒被學生接受，反而被校長召去訓了一頓，以至「我」不得不寫份長長的申訴報告。

作者在故事中採用了「敘述重複」和「敘述照應」的手法。作品開頭第一句說：「妻不曾以如此憂惶不安的眼神看我。」這種有意的敘述重複，旨在營造一個憂鬱的、不尋常的故事氛圍。 敘述人在故事的中間說：「靈感突然顫動」，而作品的最後一句卻是敘述人出

自內心的呼喚：「偉大的靈感啊，此刻你爲何不復顫動。」這種敘述照應點醒了故事的眞意，強化了悲劇故事的內涵。而「河馬慢跑」這一富有深意的意象也分別在現實生活和敘述人的虛幻意識中閃現，反覆渲染了支撐本作品敘述主旨的獨特的藝術體驗。

除卻典型的吳耀宗式的主題表達方式，〈河馬慢跑〉的主題內容也代表了吳耀宗微型小說立意的重點所在。單從本篇作品看，作者力圖說明：面對強大的傳統思維習慣，那些逸出常規常情的思想火花和行爲舉措很難獲得自己的生活位置，靈感的火花難以變爲燦爛的美景。它的脆弱和不堪一擊的厄運似乎也早已命定。這不僅是教育界的問題，而且是當下人類生活中帶普遍性的悲劇。

吳耀宗微型小說的主題，大多涉及教育、公共秩序、工作壓力和社會倫理中的種種偏差和扭曲。在這些或有現實原型或是奇幻虛化的故事中，作者力圖挖掘現代社會從各個方面對人外部生活和內在精神的「異化」。如在《燒烤香》中，主人公在亦眞亦幻的恍惚中看到空無一人的隔壁房間有前同事們的喧鬧，而帶來的雞翅、沙嗲變成了「釘洞機裁紙刀電腦軟體」，詭異的氛圍一直延續到結尾，「我」臨走時在無人的隔壁又聽到前同事「說明天星期天店鋪照開，歡迎光臨」。吳耀

宗在短短的千餘字中反覆穿行在現實與虛幻之間，營造出強烈的對比張力，意在向讀者說明工作的疲倦和壓力對都市上班族身心的損傷。當下後工業社會中，工作已然不是富於創造性樂趣的勞動，而是勞乏體膚，戕害心靈的枷鎖。

另一篇〈最新計劃書〉則更爲新奇，一家廣告策劃公司突發奇想，要將一對四歲左右的電視小明星打造成「最年輕的金童玉女」，「我們準備向電視台買下播映權，每天二十四小時實地直播他們讀書吃飯睡覺洗澡上廁所的情況，直到他們成長舉行隆重的結婚典禮爲止」。這裡點出了教育界中存在的「異化」現象，兒童教育的目的扭曲爲成爲大眾娛樂的明星，而教育的實施更是變成對隱私的侵犯，對自由的剝奪。無知的孩子在這裡成爲獲利的工具，有利可圖的商品。

有「亞洲四小龍」之稱的新加坡，經濟發達，生活便利，文明程度達到了很高的水準。然而，發達的物質層面下隱藏著日益深刻的社會問題和心理問題。吳耀宗的微型小說創作超越了簡單的娛樂性的通俗故事，用靈動的筆觸深切地關注當下的社會問題，在藝術水準和思想高度上都達到了很高的水平。而更爲難能可貴的是，吳耀宗以「微型小說」的容量，營造出「慢跑」的氛圍。在變動的社會節奏裡，開拓了一方令人緩步自省的

天地。

　　對於吳耀宗的創作成就，也斯做過一個具有代表性的總結：「耀宗在微型小說的嘗試上，有他新加坡的背景，有對港台文學的回應，有他出國前後視野的逐步開闊與技巧的逐步成熟。用的是漢字華文，正是從他自己走出來的路，他自己的感性（我姑且稱之為一種揉合了溫柔敦厚與尖銳批評的風格）為華文文學這種文類添加了新章。一般主流對華文微型小說的討論，似乎多在強調故事性、濃縮的片段、令人驚訝的結局等。如果我們不以故事性為主，也參看中國香港、中國台灣、新加坡、馬來西亞如耀宗這樣的嘗試，不是更可以擴闊這文類的討論嗎？」[9]

---

9 同註2，頁8。

一個知識分子和一個想像都市的對話錄

——論吳耀宗微型小說的文體形式、對話及其他

許文榮

1. 楔子

閱讀了吳耀宗的微型小說集《火般冷》[1]（以下簡稱《火》）後，給我印象最深刻的是它獨特的文體形式，再來就是它的對話關係、語式與敘事的特質。這幾樣文本的元素實際上是互為關係的。文體形式的非一般性實際上是從特殊的語式與敘事手法的細心泡製下所築構的，而文體形式又展示了某種對話的機制。在這篇評論中，我對吳耀宗微型小說的分析聚焦於文體形態、對話、語言與敘述模式上。

晚近所崛起的微型小說，仍然是一個不定型的文體，就如鄭樹森說：「極短篇（微型小說）這個文類的版圖不斷擴張，也不易界定。沒有一套定形的成規，表達模式其實包含多種次類型，極短篇無疑尚有廣闊的發

---

1 吳耀宗：《火般冷》，香港：青文書屋，2002年。

展空間 ……」[2]。這段評論告訴我們，微型小說是一種可塑性極強的文體，仍然具有很多可伸展的空間，聰明的寫手肯定會抓住這個契機以創造新的文體範式[3]，吳耀宗便是一個很好的個案。

2. 對話

　　《火》雖然是由27篇個別的微型小說文本組成，但是我更喜歡把它視為一個整體，一個由多篇微型敘事建構而成的小說類型。每一篇小說雖然表述不同的人物關係、事件和場景，但是它們之間卻有著一種有機的聯繫，即：展示一個知識分子／隱藏作者和一個（想像的／眞實的）都市之間的對話關係。這種對話不是現實型的面對面交流，也不完全是虛幻性的神交，而是通過具體的敘事話語與文體形式去溝通，他們在文本的言說中完成了對話的整個過程。

　　讀過《火》的讀者大致上會認同，這本微型集的「敘述者／我」不是泛泛之輩，他是一名典型的知識分子，他關心的事物都是知識分子所興趣的，如文藝理

---

2 鄭樹森：《從現代到當代》，台北：三民書局，1994，頁212。

3 在馬華文壇裡，小黑的嘗試也是值得注意的，例如他的「啓事體」微型小說——〈尋人啓事〉，也可以視爲這文類的另類品種。

論、語言的問題、環保行爲、現代化下的生存危機等。小說中描繪的那座想像的城市也是一座典型的現代化大都市，擁有各種現代化的標誌：地鐵、辦公樓、各種先進媒體、現代人的機械化、功利化、世俗化等。我們關注的是《火》如何藉著各種現代藝術形式的挪用，呈現一名知識分子和一座想像都市之間「如何對話」。至於「對話的成果」，由於文本有意隱蔽以及作者對文本的開放性立場，所以不是我們探討的首要對象。

　　讀者也可以感受到，吳耀宗把他那知識分子式的熱忱貫注在文學的語言與形式中，他並沒有投身於社會現實，甚至他連在文學內容中對社會的直接反應都不屑爲之[4]，而是以文藝的表現方式伸展他對文學與社會的理想。這正如巴赫金評屠格涅夫的長篇小說時所說的：「（它）正是作爲長篇小說參與社會生活並在其中起積極作用，而且本身有時在社會現實中佔用十分重大的地位，這種地位並不比反映在它內容中的社會現象少。」[5]說得明確一點，《火》是以微型小說這個文類

4　吳耀宗的微型小說沒有典型的故事與情節，沒有鮮明的主人公形象、沒有明確的敘事套路等，不少論者皆有同樣的看法。見朱崇科：《敘事的法則：無序之則──吳耀宗初論》，《香港文學》2003年4月號（總第220期），頁66～72；〈四人話語：談吳耀宗的微型小說〉，《火般冷》，頁103～126。

5　巴赫金：《周邊集》，石家莊：河北教育出版社，1998年，頁141。

參與了作者所身處的社會，不過，這個社會不一定是作者又愛又恨的新加坡，而是在文學中所折射的那個想像的都市[6]。《火》中的微型小說文本在人稱結構上有一種普遍的傾向，那就是：主要使用第二人稱敘述，即所謂的「我—你」式的敘事結構。巴赫金認為，曾經被認為體現了理想的「我—他」式的作者與主人公之間的關係的典型塑造被視為獨白小說的典型而受到抨擊，而「我—你」式的敘事則被看為較能體現作者和主人公平等的、互為主體的對話關係。在「我—你」式的表述中，有著明顯的對話性質，「我」（作者／形式主體／敘述者）把「你」視為交流的對象，形成了溝通的可能，不像在「我—他」的關係中，我是作為主體並處於中心地位，把他當著一個不在場的認識客體[7]。無論如何，文學話語中的作者（敘述者／主人公）與真實的作者是不能完全等同的，正如巴赫金所說的：「我們從話語自身中，聽得出它的作者——話語的創造者。至於實際上的作者，他在話語之外的情形，我們都可能一無所

---

6 吳耀宗在接受許維賢的訪問時說，他對新加坡又愛又恨，不過他並不想再現新加坡現實，他所書寫的是一個想像的城市。見〈與吳耀宗對談：「微型敘事：吳耀宗的『文學野心』、表演兼其他」〉，《蕉風》第490期，2003年5月，頁69。

7 趙志軍：《文學文本理論》，北京：中國社會科學出版社，2001年，頁89。

知。」[8]《火》裡的文本所顯示的是一個知識分子和一座都市的對話，這個知識分子是不是吳耀宗，這座城市是不是新加坡，不是我們所最關注或必須加以考證的，我們所要分析的是這兩者如何在文本中進行對話。巴赫金說得很貼切，文藝雖然體現意識形態視野，不過它卻有著獨特的表述方式，它運用了本身的符號／物質材料，尤其是語言、聲音、風格、體裁、形象、敘事、情節、母題等來建構本身的話語形式結構[9]。因此我們在進行文學分析與闡釋時，應對文本自身給予首要的思考。

3. 文體

　　《火》中的那位知識分子對那座想像的城市裡的那些約定俗成的文學形態不具好感，作者運用博爾赫斯所開創的理論與文學話語雜混的「文論－作品」[10]式的文體嘲諷這種文學怪圈。這是《火》中經營得最精彩的文體形式。形式主體明顯地對「非如此不可」的傳統創作手法與「典型化」的現實主義寫作規範深表不滿，他有

8　巴赫金：《文本、對話與人文》，石家莊：河北教育出版社，1998年，頁301。

9　巴赫金：《周邊集》，頁114、115、128。

10　又稱爲論文式小說、學術性小說與書評小說，王欽風：《後現代主義小說論略》，北京：中國社會科學出版社，2001年，頁49。

意追求文學的新形式與建構文體的新典範。

在〈異議完成〉[11]中敘述一名自以為是的讀者／評論家（「你」），以先在的小說觀念去構思一本他所謂的理想型小說，並且想到書店去購買這樣的小說，完全罔視創作的自由與多元，結果他的經典構想被店員砸碎，對他不客氣地說，除非他願意「放棄非如此不可的小說觀念」，要不然則謝絕與他進行任何交易。文本中從「你」的視點，對小說創作的「論述」帶著反諷的意味：一、「作為一個讀者，你其實也在創作」、二、「一般評論家耿耿於懷的故事內容」，三、「小說非得有情節不可，不然怎麼叫小說」，三者皆言此意彼，是敘述者所不認同的創作觀，因此很自然地在文本末句要求「你」放棄「非如此不可」的概念，試圖要把小說書寫從單元封閉中解放出來。文本也運用了後設的形式，表達了第三種聲音（「電腦齋」，它的評論都被置於括弧之內），而這聲音與敘述者的立場有著明顯的一致。如「由於死狀之描繪不在讀者的專業範圍內，故最好交由作者來負責」（含有創作責任應交給作者的潛台詞），是對「你」所持的讀者論的否定[12]；「非大家無

---

11 《火般冷》，頁22～24。

12 這與吳耀宗的創作觀似乎很相似，他在和許維賢的對談中指出，「我在寫小說的時候，跟以前最大的不同是：我不考慮讀

以駕馭」、「非名家不能爲之」，「非」是對「你」的「故事論」的嘲諷，似乎只有「大家」、「名家」才會／能去營造他憧憬的引人入勝故事。再者，「絕！」，有著「絕妙」與「絕對」的雙關涵義，「絕妙」是文本的表層意思，但是從對「情節論」的否定的角度來看，「絕」在此應取「絕對」的詞義，表明了「小說非得有情節」是非常「絕對」的觀點。在如此微型的篇幅中能夠容納三種聲音（很可能是小說人物、作者／敘述者與讀者）確實不易爲之，從中也讓我們體認到作者的巧思細想。敘述者與電腦齋的言說可以視爲作者與讀者的發聲，「你」則是對話的對手。通過敘述者與電腦齋的雙面夾攻，堅決地否定了「非如此不可」的閉塞觀念。

〈生在典型的年代〉[13]則「以創作談創作」的方式，嘲諷現實主義的「典型（人物）」創作規範，並宣判它的沒落。饒有趣味的是，文本把現實主義典型的人物形象／主人公（「你」）放在現代主義／後現代主

者，但不是說不尊重讀者，我只是寫我喜歡寫的東西」。這是典型的作者主體論，反之，如果以讀者（反應）理論的維度看，讀者在解讀與分析文本時，也可以完全不考慮作者的意圖，自由地展開詮釋。見〈與吳耀宗對談：「微型敘事：吳耀宗的『文學野心』、表演兼其他」〉，《蕉風》第490期，2003年5月，頁69。

13　《火般冷》，頁88～90。

義的技巧與語境當中，如模糊的人物形象（沒有爲他命名、沒有個性、性別、嗜好等）、文本斷裂、文字歧義、讀者視野、千變萬化的句法等，使他面對惶惑與迷茫、最後由讀者來憑吊他的死亡。這個「預設的典型小說主人公」在嘗試尋找出路，但是最終還是邁向死亡，似乎是宣判這種典型論創作 教條的末路窮途，敘述者／作者盼望見到小說人物的多面性以及創作手法的推陳出新。

〈河馬慢跑〉[14]，一些論者把它視爲揭示教育問題的作品[15]，不過我則把它歸類爲文論式文本，教育問題只是表層敘述而已，實際上是要指向深層的創作論。文本嘲諷那座都市裡的文學界墨守創作成規，扼殺了活生生的靈性。那位出了一道「如何遊覽動物園」的非典型作文題目的主人公（教師／知識分子），頓時遭致各界對他的抨擊，學生、家長、校長等無法接受他的「自作聰明」，尤其是校長把他給臭罵了一頓。他們都已經習慣了那種鐵板一塊的題目，如「動物園一日遊」、「參觀動物園」或「動物園遊記」等。在校長的責罵中，主人公似乎是一面倒的沒有申辯的機會，不過校長

---

14 《火般冷》，頁84～87。

15 〈四人話語：談吳耀宗的微型小說〉，《火般冷》，頁113～114。

每「嗎」一句後，作者在括弧中置入「笨蛋」、「荒謬」、「牛屎」、「白癡」、「混帳」等後設聲音，表達主人公內心的抗議。他們的對話／對抗一個在顯的位子，一個在隱的位置，使文本形成明顯的雙聲調。讀者可以感受到這位知識分子仍然想堅持文學創新的意義，但很肯定的他要因此而付上很大的代價。

〈踴〉和〈瞬間〉[16]也是藉著創作的方式表達文藝觀點的另外兩篇文本。〈踴〉表述了一個藝術家和一個不懂藝術的都市之間的對話。他想要展示他的藝術成果，可是卻沒有人願意欣賞或懂得欣賞，他感到非常失落，為了保存他的藝術家尊嚴，最後他寧可找一名乞丐當模特兒自我玩賞，也不願意表演給那些庸俗的朋友們看。這表現了在一個市儈的都市裡頭，搞藝術的人只能孤芳自賞。他無須媚俗而糟蹋自己和藝術。「何必為這群不懂藝術的人表演藝術呢？藝術的意義不正是證實存在的價值，而非生存的價值嗎？」文本中的「你」和敘述者（隱在的「我」）的觀點是吻合的，而不是對立，在文本中的第三種聲音是KS、老闆娘等（「他」）所發出的世俗化／功利化聲音，才是和那位知識分子對立的。從這裡我們察覺，他並沒有和這個想像的都市的總體全然衝突，他仍然可以在這個城市中找到一些「志同

---

16 《火般冷》，頁25～27、81～83。

道合」的知音，同聲批判這個城市裡的浮噪。

　　〈瞬間〉表現了那位知識分子的美學觀。他認為美的建構必須有「破／毀」的過程，這個「破／毀」顯然是打破舊的清規戒律，創造新的美感與美學形式。在文本中敘述者和對話者「你」同持這種立場，「你」的「摔古董」行為表徵著對藝術傳統的古規舊律的「破」。美需要不斷地「破」才能擁有永恆的「新」，「你認為人事間的種種創造都是為了表現美，但所謂美又是如此的脆弱，必須仰賴瞬間的毀滅方能留存於永恆」。在破／毀的行動中，一個藝術家需要巨大的勇氣，他必須敢於做前人所不敢做的，甚至是推翻自己。文本中「你」的母親（前輩）由於沒有「破」的勇氣，因此只能隨波逐流，過著身不由己的生活。你的「破舊立新」的激情「攢成一弧驚天動地的聲響」，即使最終遭到「完整的毀滅」也在所不惜！文本指向的涵義，似乎接近吳耀宗的創造觀。他說：「我的小說，眼睛長得太高，沒有耳朵，鼻子瘦小，牙齒森森的尖銳，像個叛逆惹禍的孩子，總是破壞大人早餐的胃口」[17]。

　　此外，《火》也運用了互文與後設（元小說）的文體形式，似乎有意圖地回應那座城市裡主導階層的話語霸權。互文與後設的形式本身具有打破單音結構的

17　《火般冷》，封底。

表徵。前者是以強調文本的互涉／混雜來反對單聲調的文本，後者則以作者的自我意識／先在評論來開展文本的不同聲音以形成對話格局。《火》中的互文操作有兩種方式：一是在它的個別文本中不斷出現相同的人物（KS、GB、RV，ET，IV，YY，GG，HJ），尤其是KS（有時是醫生、文員、遊手好閒者、甚至是一條狗等）和GB的出場率非常高，人物的相似使個別獨立的文本之間產生了連貫的設置，似乎「有機」地聯繫起來。 二是不同文類之間的互涉，詩歌、散文混合在小說的文體中，形成一種「雜體式」的微型小說。各個文類本身有時表徵著不同的視域。〈和西西的星期日遊戲〉篇幅雖然奇短，不過卻有小說、散文和詩歌三種文類的雜混，小說是它的骨架，描述那座想像的都市裡的某一個人在某一個星期天的典型生活場景，一面偷情，一面又能「家事、國事、天下事，事事掛心」。文本直接呈現的是散文及詩歌的交替敘事，散文體直敘，詩歌體間接地旁白。散文體輕描淡寫地描繪場景與營造氣氛，詩歌體的跳躍性使語速顯得很急促，表徵了現代都市（人）的快節奏與深度缺乏。不管是散文體或詩歌體，全篇呈現的是雜亂與破碎的語言，折射現代社會的斷裂與現代人的彷徨。散文體與詩歌體作為直接參與文本敘事所展示的是那座都市的狀況，小說體作為隱性的

結構在冷眼旁觀時不經意地流露了那位知識分子對這些現象的否定視域。

有不少在《火》裡頭的文本，明顯地看出作者有意嵌入「按語」、「短評」、「旁白」等類的補敘，形成了文本中的文本，並且至少製造了兩種聲音在話語中相互交鋒，具有「元小說」的初步形態。兩種或多種聲音在話語中形成交流／對話的可能，企圖突破壟斷式的話語霸權。上文曾論說的〈異議完成〉，「我」、「你」、「電腦齋批閱」三種聲音的互動，提供了作者、敘述者與讀者對話的可能。另外一種形態的互文是滑稽模仿式的諧擬對象聲音並施予諷喻。〈最新計劃書〉是其中一篇典型，它一方面帶著嘲諷的筆調引述主人公的說話，如「人才乃是我國賴以生存的唯一資源，他們即是國家未來的棟樑，他們的前途自然也就是國家的前途。」另一方面以後設的方式回應：「（天啊！KS今天一定吃錯藥了，怎麼老提『國家』這兩個字？誰都知道他最崇洋，最不愛國的。）」在這篇文本中，作者藉著諧擬與後設的辯答方式使對話能夠開展，表達了那位知識分子對那座都市高度商業化的反感。以上這兩種文體形式使簡短的微型敘事融入了較深的思想內涵。

4. 語言

再者，對文字的自覺一直是吳耀宗文學創作的關注焦點，他與許維賢的對談時曾強調說：「對文字關心一直是我創作中一個不變的原則，因為你若對文字不關心，你寫出來的東西可能是新聞報導。」[18]文學畢竟是語言的藝術，這是文學與其他藝術門類的本質區別，對語言的關注，進而操作語言與築構文本，成為當代創作「重金」投入的工程。正如巴赫金所強調的，文學不是簡單地對語言的運用，而是對語言的藝術認識，是語言的形象，是語言在藝術中的自我意識。文學語言是具有自我意識的語言，成為自身對象的語言，它不僅僅是為一定對象和目的所限定的交際和表達的手段，它自身還是描寫的對象和客體[19]。吳耀宗在微型小說語言中的經營，使它們具有本身的個性與形象：冷漠、孤傲、縝密、疏離等，這些形象或許折射了那位知識分子的性格特徵，以及他在和那座都市的對話時所表現的心態。

語言自身反過來成為被描述的對象，在〈戰略世界〉[20]中有很好的展現。文本敘述的是在競爭激烈的現

---

18 〈與吳耀宗對談：「微型敘事：吳耀宗的『文學野心』、表演兼其他」〉，見《蕉風》第490期，2003年5月，頁70。

19 巴赫金：《巴赫金全集》（第四卷），石家莊：河北教育出版社。頁273～276。

20 《火般冷》，頁14～17。

代商業社會中，爲了脫穎而出，在策略上可謂無所不用其極。文本圍繞在形容天氣的用語／詞上大做文章，使得整篇小說的焦點不是營造故事、情節、敘述方式、人物等，而是探討「語言」本身。換句話說，「語言」成爲了小說的骨架與血肉，小說的敘述正是在言說語言本身，語詞在文本中不是表達工具，而是主題。在文本中，某方爲了回應另一方對於「陰霾」的使用而殫盡所思，不斷地去分析各種詞語的用法，然後從古典文學中找到了《詩經》，轉引了《詩經》裡頭好幾個文氣十足的有關陰天下雨的形容詞。在推敲與斟酌如何遣詞用字過程中，那位知識分子與那座城市在隱隱約約地對談。對於那座城市濃重的商業味以及對中文實用價值的重視而輕視它的文化意涵的現象，他顯得很無奈與傷感。「經過這些年，你陡然想起了他（那鬱鬱不得志的華文老師），以及他在課文以外教授的詩經楚辭，眞有流點眼淚的感動和熱。」帶著對華文老師的懷念，似乎又是對眞正具有文化意涵的語言與社會氛圍懷著美麗的憧憬。

至少還有其他三篇文本，語詞成爲被描寫的主體。〈秩序的缺口〉[21]的言說方式很獨特，我把它稱之爲「辯論式」文體。它挪用了辯論的形式，如「我方堅決

---

21 《火般冷》，頁18～20。

認為……」、「他們其中一位反駁」、「正方並不準備接受」等，微妙地嘲諷現代人知識的淺薄，在與人爭辯時詞彙有限，只能全單照收地引述新聞媒體的「語言」。敘述者是一位剛剛遇車禍而死的遊魂，以旁觀者的角度去聆聽別人對他的死因的爭辯，敘述語式虛實相間，頗具趣味。那座都市的人知識很平面，無法展現大城市的氣魄，這種膚淺表現在（辯論）言說的匱乏，文本中或直敘說：「然而由於所吐出的一堆理由全是抄襲昨天的社論」、或用反語表述道：「但這次允許引據報章炒熱的論點」，嘲諷味十足。

〈無言公寓〉[22]以獨特的「無言」方式再現現代生活的疏離感。這種疏離表現在語況的轉型，即機械化的「語言」代替了人的語言，「語言」成為了沒有感情的、形式化的、周而復始的噪音，一如現代人的生活。用語言的形象折射現代人的形象，文本似乎沒有敘述者，沒有真正達致交流的對答，只有留聲機不斷地重複又重複那千篇一律、令人厭倦的答腔。藉著對言說方式變化的探討，表述了一位知識分子以獨特的視角審視現代人超形式化的煩燥與鬱悶。

〈攤明句點〉[23]又是從另一個視角探討語言的問

22　《火般冷》，頁68～70。

23　《火般冷》，頁95～98。

題。當言說成為一種暴力的出口時、成為言不由衷的模式時、成為一種精神累贅時，一種最無奈／微妙的抵抗方式就是保持緘默[24]，以便保存／尋回真正的自我。

〈攜火的朋友〉裡有一句話說：「他總認為這是一個言而無信的卑劣時代，人們只顧著說話而不履行承諾，說了等於沒說，卻可以夜夜安寢，……語言已毫無意義，說話不為傳情達意，而是像腹瀉那樣旨在暫時填塞時空。」把這一段話和〈擺明句點〉對照來讀，便可以理解主人公申請緘默證，不是因為自甘放棄本身的言論自由，而是在那座佈滿語言陷阱與語言功利化的城市，為了自己的好處，不至於表達虛情假意或招惹無妄之災，才作出沉重的決定。最後那句：「眼皮忽然有些沉重起來」，流露了這種無奈。

另外語言的吊詭性更形成了吳耀宗小說語言的特色，書名《火般冷》就隱藏著深刻的吊詭。火本來是熱的，可是卻用「冷」來形容，這顯然悖於常識，他的

---

24 當需要發言／表達意見時卻保持緘默，這是一種對主導者的不合作姿態，斯考特把這種抵抗視為日常生活式的抵抗(Everyday Form of Resistance)。James C. Scott, *Domination and Arts of Resistance*, New Haven and London: Yale University Press, 1990, p.xiii; James C. Scott, *Weapons of the Weak: Everyday Forms of Peasant Resistance*, New Haven and London: Yale University Press, 1985, p.29.

深意似乎是對文學／藝術像火一樣的激情在燃燒，但卻是以冷眼旁觀、冷漠的視域觀照世事與切入社會。又或者可解爲用冷傲的語言去書寫火一般狂熱的都市現象。類似弔詭化的語態與敘述比比皆是，如「咱們五千年的文化」／「浩瀚如海的文化」，即表達榮耀，又表達羞辱；「我愛你」的「愛」不是因爲「你的美麗一如傳聞……」，而是爲「我可憐的爲婚變自縊的媽媽」報復而「愛」（實際上是「恨」）「你」；「某個過氣作家也因爲寫下一系列關乎環保題材的小說，竟然紅得發紫，單行本直登十大暢銷書榜首，平裝本精裝本注釋本翻譯本海盜本一版再版。」一方面宣揚環保，一方面破壞環保，類似的弔詭敘述使文本充滿了張力。

5. 敘事

在敘述手法上，上文論述了吳耀宗喜用第二人稱的敘述視點，展現一種「我－你」平等的對話關係。此外，在敘述者視角上不斷地改換，尤其是〈鏡頭向榮譽趨近〉，〈攜火的朋友〉這兩篇。視角的頻頻轉換使文本意指趨向模糊，表徵了那都市的許多似是而非的現象，許多虛情假意以魚目混珠的方式表達卻也可以達致功利的果效！

無論如何，我想把論述轉到另外一類的敘述形式

——半魔幻／魔幻敘事。這種敘述在虛虛實實中，讓虛幻與現實展開了奇特的對話。〈秩序的缺口〉、〈浮水戀〉[25]這一類，使用了剛死的遊魂作為敘事者去重新觀照現實世界，使文本視域浮現了虛幻的色彩，與現實保持了某種程度的審美距離，這樣可以把尋常主題（嘲諷社會的膚淺、婚外情等），寫得更具有迷離的美感。第二類是像〈蠻禍〉[26]那樣的禽異化敘述：「小孩用死蛇束起他那及肩的長髮，拽著腥紅的長矛越過山頭，消失在那一片黝暗如獸腹的西北大峽谷中」，文本藉著領養小孩的悲劇，敘述了蠻化與文化／文明（現代化）的對立，而在這種對立中，文明經常以一種文化／現代化的懷柔的方式，暴力／霸權地對待所謂的「蠻化」。文明與蠻化的「碰面」，最終的結果是「蠻化」帶著遍體鱗傷被驅趕，一如一些所謂的文明政府如何暴虐地對待境內的少數族群／原住民一樣（美國出兵攻打伊拉克在性質上也相近），激起了無休止的仇恨——「就在微弱的呻吟中，渾身瘀傷的小孩慢慢抬起頭來，那仇恨狂燒不止的目光」。

　　另一類是怪異化的敘述，敘說現代人的怪異行徑。

25　《火般冷》，頁18～20及頁44～47。
26　《火般冷》，頁55～57。

如〈燒烤香〉[27]裡頭藉著對「機械化食譜」的生動描繪，影射了極端機械化的荒謬。「她把一份份文件餵得碎紙機急吐條絲，一碟碟盛滿了再淋上橙色塗改液，撒些五彩迴形針，色香美俱全。人事部的LC把兩大紙籮醃好的鉛筆釘洞機裁紙刀電腦軟體全提過來，逐一置於火上燒烤，香味迴繞。」。另一段比較簡短的敘述說：「燒烤架上盡疊起雞翅沙嗲蝦蟹番薯之類的死屍」，冷冰冰的食譜，折射現代人的冷漠、孤寂、缺乏自覺，像死屍般地活著。寫到這裡，我忽然想起李澤厚曾說過這樣的一句話：現代人工作的時候像一部機器，在享樂的時候就像一頭野獸。這篇構思與敘述都很獨特的文本似乎可以成為李氏觀點的注腳。

6. 餘論

個人認為，《火》最獨特的地方，是能夠以極短篇的微型敘述，通過文學創作的筆觸探討文學、藝術、語言自身的問題，切入點不同一般，同時又能細膩地觀照社會，「揉合了（知識分子）的溫柔敦厚與尖銳的批評風格」[28]指向現實的內核，這顯然是吳耀宗在這一文類創作上的強項。在他獨特的經營下，使微型小說這文類

---

27 《火般冷》，頁61～63。
28 也斯：〈小序〉，《火般冷》，頁8。

在文體形式、敘述方式、語言形象等建構了新的範式。從文本的話語構築中，我們可以察覺到，雖然吳耀宗是一位自我意識非常強的寫作者，而且也經常具有欲有所言的「脾性」，但是這種傾向並沒有破壞作品的美感，因為他擅於把社會話語融入於文字的敘說與語言形象之中。

　　吳耀宗的微型小說，能夠在短短的篇幅中耍弄好幾種書寫的技法，令人耳目一新，同時也對微型小說能夠如此巧妙地包含文體與形式的密度並勝任作者所賦予它的沉重表述功能感到好奇，作為讀者，至少我們會有一個共同的感觸：「啊！原來微型小說也能這樣寫」。吳耀宗在這個文類的開創意義是令人激賞的。

　　（原刊於《蕉風》第490期，2003年5月，頁74～81）

寫作的自在與自足

石鳴

1.

從數量上講，吳耀宗的微型小說並不算多。但微型小說集《火般冷》所收錄的27篇作品，卻給微型小說築起了一道新風景 —— 不管你是喜歡還是不喜歡，你都得承認，它們是獨特的。

這種獨特所引起的不同的閱讀反應，形成了對吳耀宗微型小說截然不同的評價。有人喜愛有加，有人卻充滿質疑。確實，對有些讀者而言，閱讀吳耀宗的微型小說也許常常感受到的是小說迎面而來的拒絕姿態 —— 這些文字的敘述欲求和語句的詩意表達如同一個誘餌引你深入，但其敘述方式和敘述結果織成的又似乎是一張張含混錯雜的網，讓你迷失，也不給你提供一個清晰的推進過程。你會覺得它們有些怪，離你有些遠。在我看來，這樣的反應大概並不會讓吳耀宗感到驚訝 —— 也許早在下筆之前，他就清醒地意識到了這一點。正如他在《火般冷》的封底所言：「我的小說，眼睛長得太高，

沒有耳朵，鼻子瘦小，牙齒森森的尖銳，像個叛逆惹禍的孩子，總是破壞大人早餐的胃口。」

　　但這種對「胃口」的「破壞」，並不表明這些小說是失敗的，也不表明作者是在有意拒絕讀者──吳耀宗只是想要顛覆人們對微型小說多年來所持有的固定看法，因為「親愛的廣大讀者相信所有的小說只能有一副臉孔」（見《火般冷》原版封底）。所以當吳耀宗微型小說不隨主流套路的新面孔驟然出現時，它要更多面對的，便註定是讀者的驚訝和某種層面的陌生感。長久以來，很多讀者對閱讀的期待基本上要麼是消遣，要麼是將其作為社會文獻來觀察社會，而排除了對寫作本身和作者寫作的姿態等方面的關注、融入與共享。而吳耀宗認為，「對一個作家來說，最重要的就是如何改變和處理一個文類，對自己和對那個文類交代。……不是知道故事就完了。」[1]在一定程度上講，吳耀宗對寫作活動本身和探索寫作的可能性的關注，遠遠超出了對讀者將怎樣解讀文本的關注；與之對應，其從寫作和嘗試中所得到的愉悅享受，也超出了從讀者共鳴中所得到的享受。他的寫作，是自在與自足的寫作──這正是他不同於很多微型小說寫作者的寫作姿態。

1　見吳耀宗專訪〈微型小說不止一副面孔〉，《聯合早報·文藝城》，2002年8月4日。

在我看來，吳耀宗微型小說最讓人著迷的，正是他的這種寫作姿態，以及這種姿態所造就的文本意蘊的複雜和多義。

2.

自在與自足的寫作，不僅是讓文學的意義通過文本來呈現，同時也通過寫作活動自身和寫作的過程來呈現——這意義有時甚至僅只通過寫作活動自身來呈現。對一個寫作者而言，寫作，到底意味著什麼？尤其當這種寫作是指向微型小說這一精短篇幅的文體時，這個問題就顯得更加耐人尋味。很多微型小說寫作者在落筆時考量得最多的因素是故事，其寫作也因此墜入了以講故事為目的的誤區中，從而使微型小說最後就單薄得只剩下了一個故事。吳耀宗的文學認知則與之相反，他堅持微型小說「不只是講完一個故事而已」[2]。作為敘述文學之一種，微型小說對故事的注重雖然無可厚非，但這種注重不應該導致微型小說整體面貌（包括美學特徵、題材、技巧等各個方面）的單一。所以吳耀宗想給它一副另類的面貌。因此吳以自在自足的寫作姿態進行創作，使寫作不只是寫出一篇小說來，同時也在寫作中對寫作

---

2 同上。

這一活動本身進行探索、進行互動性的對話。這種寫作姿態不僅造就了其作品獨特的形式（每篇都是單獨的一段）、詩意的語言，更促成了其個性化的敘述方式。

「後來家人問起事情的來龍去脈，我也是微微一怔，然後三言兩語交代過去。過去。一弧飛鳥『唰』聲過去，只留下充滿悚怖的車窗在晃顫中迅速交換著明暗。」當吳耀宗在〈忘記的過程〉中的寫下上述句子時，從某種意義上講，他就已經開始了其微型小說敘述風格的塑造。其後，當進行到〈浮水戀〉中「在瞎了眼似的黑暗中你感覺自己和海面慢慢構成垂直線，然後開始往上升，往上升」時，屬於吳耀宗微型小說的敘述便基本定型。這兩個看似只用了詩歌語言技巧的敘述，實際上包含了豐富的內容：它將描述和陳述揉合在了一起，並由此引出了敘述的情勢和情態——情勢的敘述進行線性的、邏輯的情節推進，而情態的敘述則進行可能性的、感性的推進，從而將外部景觀和內心感受融為一體互相影響，形成了用氛圍講故事的特點；同時，利用詞彙語意的多義形成敘述場景的轉換（如上面引文中的「過去」一詞）。這樣的敘述風格，幾乎覆蓋了吳耀宗所有的微型小說，並在〈異議完成〉、〈和西西的星期日遊戲〉、〈無言公寓〉、〈壞空間〉、〈擺明句點〉等作品中產生了多種變奏。特別是〈無言公寓〉，整

個敘述就是一部電話錄音運轉的情態，在留言、耐心聽完、不耐心而掛斷的情態呈現中，隱於聲音後的人物一一在讀者面前顯形，一個變異的世界也隨之出現了。上述這種將描述、陳述、情勢、情態、外景、內心感受互相交融、映照的敘述，形成了耐讀的語感和敘述節奏，使吳耀宗的微型小說同主流的微型小說模式具有了很大的不同。正如林高所言，吳耀宗的作品「明顯的想要減慢讀者的閱讀速度。他的小說並不是在經營一個故事、情節或者人物，而是刻意地去經營氣氛，從而傳達一個訊息。」[3]

3.

　　由自在自足的寫作姿態和其引出的對敘述的沉浸出發，吳耀宗在其微型小說中也開始了對故事講述方式的改造。

　　雖然在吳耀宗的大部分作品裡都沒有一個「開始─發展─結束」的故事推進模式，但其微型小說實際上是並不拒絕故事，也不缺乏故事的。不過同一般的呈現方式不同，故事在他的筆下是碎裂的，有時甚至是以情緒

---

3 見〈四人話語：談吳耀宗的微型小說〉，原載《微型小說季刊》第二十期，收入吳耀宗：《火般冷》，香港：青文書屋，2002年，第105頁。

的方式隱藏在互為鏡面的篇章裡的，所以需要讀者將故事的碎片聚合在一起，並讓不同篇章裡的感覺和氛圍互相映照成為背景，將故事襯托出來。為了消解讀者對故事的線性發展的期待，吳甚至進一步將小說的人物和敘述者符號化以衝擊讀者。這種符號化不僅僅是指人物和敘述者名字的虛化（如KS、GB等），更主要的還在於這些人物和敘述者的形象在小說整體敘述中的模糊和混淆。如KS這個人物，他既是小說描寫的對象，從氛圍上來看又可以是小說的敘述者，但他的社會角色、性格、行為等在不同的篇章裡卻不是統一的，他既可以被理解為一個個體符號（在〈欲望的版圖〉中，KS甚至是一條狗），又可以被理解為一個群體符號。在閱讀中，如果讀者將KS看作是一個人，就會發現不同篇章裡KS是有些互相矛盾的；如果讀者將KS看成是不同的人，從社會心裡結構出發，又會發現這些不同的KS之間存在著某些聯繫。這就勢必會讓有耐心、善於聯想的讀者將單篇的作品納入一個整體中，從更廣的角度來解讀作品，從而達致對作品的整體把握。可見，這種小說人物和敘述者的符號化與其說是一種簡化和對人物形象塑造的忽略，不如說是作者的一種敘述策略。它和小說情節間意義互襯互補的鏡面效果，以及小說在敘述過程中通過氛圍的營造而產生的對時空的連接互相配合，使

吳耀宗的微型小說在社會文化層面形成了一種整體象徵。

　　這種整體象徵，也是理解吳耀宗微型小說母題的一把鑰匙。在吳耀宗的微型小說裡，雖然也有如〈戰略世界〉、〈河馬慢跑〉等關注文化課題的作品，但更多的還是站立在「人」這個基點上考察人的生存狀態、精神困惑、欲望衝動等內容的作品。在〈忘記的過程〉、〈浮水戀〉、〈無言公寓〉、〈離開耳朵〉、〈欲望的版圖〉等諸多篇章中混雜的愛與恨的糾纏、生與死的衝撞、冷與熱的融匯、激情與幻滅的交錯對望……，既包含在情節裡，又附著於敘述的節奏和色調上，折射、體現出一個社會形態中某一類真實的存在。這種形態的揭示，便是吳耀宗微型小說從始至終的母題。

4.

　　在為甚麼寫、寫甚麼和怎麼寫之間，吳耀宗豎立了三個鏡面讓它們互相映照，互相豐富彼此的意義。這三者也如同網頁間的自動鏈接，打開其中一個，另一個就會自動跳出，給讀者提供一個參考或對應介面。因此整體來講，吳耀宗微型小說的意義不只體現在文本上，也體現在寫作活動中。在我看來，就微型小說的發展而言，吳耀宗自在自足的寫作姿態，也許更應引起大家的

重視。

（原刊於《蕉風》第490期，2003年5月，頁82〜84）

國家圖書館出版品預行編目(CIP)資料

火般冷 / 吳耀宗著. -- 初版. -- 臺北市 : 萬卷樓, 2011.11
　　面 ;　公分
ISBN 978-957-739-732-4(平裝)

857.63　　　　　　　　　　　　　　　　　100022472

火般冷

ISBN 978-957-739-732-4

2012 年 1 月初版 平裝　　　　　　　　定價：新台幣 160 元

著　　者	吳耀宗	出　版　者	萬卷樓圖書股份有限公司	
發 行 人	陳滿銘	編輯部地址	106 臺北市羅斯福路二段 41 號 9 樓之 4	
總 編 輯	陳滿銘			
副總編輯	張晏瑞	電話	02-23216565	
助理編輯	游依玲	傳真	02-23218698	
校　　對	林秋芬	電郵	wanjuan@seed.net.tw	
封面設計	斐類工作室	發行所地址	106 臺北市羅斯福路二段 41 號 6 樓之 3	
		電話	02-23216565	
		傳真	02-23944113	
		印　刷　者	百通科技股份有限公司